拙者、妹がおりまして❾

馳月基矢

双葉文庫

目次

主な登場人物

白瀧勇実（二五）

手習所の師匠。唐土の歴史に通じており、漢籍の写本制作も請け負っている。家禄三十俵二人扶持の御家人で、今は亡き父・源三郎（享年四六）の代に小普請入りした。母は十の頃に亡くしている（享年三二）。のんびり屋の面倒くさがりで出不精。

白瀧千紘（一九）

勇実の六つ下の妹。気が強く、兄の勇実を尻に敷いている。機転が利いて、世話焼きでお節介。その反面、自身の色恋となると、なかなか前に進めない。将来は手習いの師匠になりたいと考え、初めての筆子・桐と一緒に奮闘中。

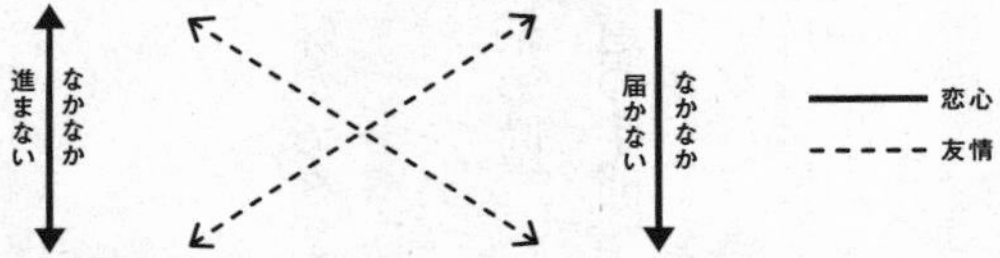

亀岡菊香（二一）

猪牙船から大川に落ちたところを勇実に助けられた。それがきっかけで千紘とは無二の親友に。おっとりとした物腰で他者に対しては優しいが、自分の身を蔑ろにするようなところも。剣術ややわらの術を得意とする。

矢島龍治（二三）

白瀧家の隣家・矢島家にある剣術道場の跡取りで師範代。細身で上背はないものの、身のこなしが軽くて腕が立ち、特に小太刀を得意とする。面倒見がよく、昔から兄の勇実以上に千紘のわがままを聞いてきた。

矢島与一郎（四七）…… 龍治の父。矢島道場の主。昔からたびたび捕物に力を貸している。
矢島珠代（四四）………… 龍治の母。小柄できびきびしている。
亀岡甲蔵（四九）………… 家禄百五十俵の旗本。小十人組士。菊香と貞次郎に稽古をつけている。
亀岡花恵（四二）………… 甲蔵の奥方。
亀岡貞次郎（一五）…… 菊香の弟。姉とよく似た顔立ち。父の見習いとして勤めに出ている。
お吉（六四）……………… 白瀧家の老女中。許婚がいる。
お光（六四）……………… 矢島家の老女中。

イラスト／Minoru

大平将太(一九) …… 生家は裕福な武家医者の家系。千紘と同い年の幼馴染み。かつては扱いの難しい暴れん坊だったが、今は手習いの師匠を目指しながら学問を続けている。六尺以上の長身で声が大きい。

尾花琢馬(三〇) …… 支配勘定。勘定所に勇実を引っ張ろうと、ちょくちょく白瀧家に姿を見せる。端整な顔立ちで洒落ている。元遊び人。兄の不審死の謎を追っている。

岡本達之進 …… 山蔵に手札を渡している北町奉行所の定町廻り同心。年は四〇歳くらい。からりとした気性で町人に人気がある。

山蔵(三六) …… 目明かし。蕎麦屋を営んでいる。年の割に老けて見える。もともとは腕自慢のごろつき。矢島道場の門下生となる。

おえん(三七) …… かつて勇実と恋仲だった。今は岡本の屋敷で暮らしている。

井手口百登枝(六七) …… 千紘の手習いの師匠。一千石取りの旗本、井手口家当主の生母。このところ、病に伏せりがち。博覧強記。

井手口悠之丞(一七) …… 百登枝の孫。井手口家の嫡男。与一郎と龍治に剣術を教わっている。千紘に想いを寄せている。

田宮心之助(二五) …… 矢島道場の門下生で、勇実や龍治のよき友人。近所の旗本の子弟に剣術を教えて生計を立てている。

正宗 …… 心之助の愛犬。手習所や道場の面々にもかわいがられている。

寅吉(一九) …… 下っ引き。もとはごろつきまがいのことをしていたが、てんで弱い。龍治を慕って矢島道場の門下生となる。

酒井孝右衛門 …… 小普請組支配組頭。年は六〇歳くらい。髪が薄く、髷はちんまり。気さくな人柄で、供廻りを連れずに出歩くことも多い。

遠山左衛門尉景晋 …… 勘定奉行。琢馬の上役。勘定所の改革を考えており、白瀧源三郎のかつての仕事ぶりに目を留める。

深堀藍斎(三一) …… 蘭方医。勇実とは学問好き同士で馬が合う。虫が好きで、白太の絵の才を買っている。

勇実の手習所の筆子たち

海野淳平(一二) … 御家人の子。

久助(一一) …… 鳶の子。筆子のリーダー。

白太(一三) …… のんびり屋で、絵を描くのが得意。

良彦(一一) …… 鋳掛屋の子。筆子の副リーダー。

丹次郎(一〇) …… 炭団売りの子。

河合才之介(九) … 御家人の子。

十蔵(九) …… かわいらしい顔立ち。

乙黒鞠千代(九) … 旗本の次男坊。大変な秀才。

拙者、妹がおりまして⑨

第一話　拙者、妹ができまして

一

秋九月ともなると、朝晩の風はいくぶん冷たい。

だが、昼間の陽だまりの中はぽかぽかとして、手習所《てならいじょ》の筆子《ふでこ》たちが駆け回るにはちょうどよい季節だ。

そろそろ昼九つ（正午頃）といった頃合いである。

白瀧勇実《しらたきいさみ》は、すでにそわそわしている筆子たちに声を掛けた。

「皆、そろそろ手を止めて、昼餉《ひるげ》にしようか」

わあっ、と筆子たちは歓声を上げた。天神机《てんじんづくえ》の前からぱっと離れ、弁当を手に、我先にと縁側の陽だまりへ飛んでいく。押し合いへし合いの陣取り合戦をして、めいめいの場所に腰を下ろすのだ。

毎日のことながら、勇実はつい笑いを誘われた。

「師匠の私が言葉を尽くして励ましてみても、こんなに喜ばれることはめったにないというのに、昼餉の握り飯は偉大だな。いや、毎日それを作って持たせてくれる親こそは偉大、と言うべきか」

口をもぐもぐさせる筆子たちに手招きされ、勇実も縁側の隅に腰を下ろして、弁当の風呂敷《ふろしきづつ》包みを開いた。

自分の屋敷はすぐ隣なので、以前はぱっと昼餉をとりに帰っていた。近頃は弁当が多い。妹の千紘《ちひろ》が仕事に出るようになったためだ。千紘はいつも弁当を持っていくので、千紘自身か女中のお吉《きち》が、勇実のぶんもついでに作ってくれる。

今日の弁当は、千紘が慌ただしくこしらえたものらしい。そそっかしいところがある千紘は、握り飯の塩加減がときどき、とんでもないことになる。

「ちょっと塩辛い、かな。千紘だって、料理下手《べた》でも不器用でもないはずなんだがなあ」

少なくとも、飯の炊《た》き方ひとつわからない勇実より、千紘のほうがよほどきちんとしている。口には出さないが、千紘がお吉と手分けして家の仕事をこなしてくれることには、勇実も感謝している。

しかし、近頃の千紘は本当に忙しそうだ。近所の御家人《ごけにん》の屋敷に通って手習いを教えているのだが、このところ筆子が増えたらしい。

筆子は御家人の娘ばかりで、教本は皆同じものを使っている。しかし、学び始めた時期が一人ひとり異なるらしい。だから、全員ひとまとめに同じ教え方をする、というわけにいかない。

まずは千紘自身が学びを深めておかねばならないというので、『女大学《おんなだいがく》』や『庭訓往来《ていきんおうらい》』などを改めて覚えるべく、暇を見つけてはぶつぶつと口ずさんでいる。

勇実はそれを聞きながら、つい「今、一文《ぶん》抜けたぞ」などと指摘してしまう。集中を乱された千紘は膨《ふく》れっ面《つら》になり、時として、丸めた紙屑《かみくず》などを勇実にぶつけてくる。貞淑《ていしゅく》なおなごを導くための『女大学』を片手に、大した跳《は》ねっ返りである。

勇実は、手習所の縁側に並んで弁当を食べる筆子たちを見やった。

「そんなに慌てて食べて、危ないな。喉《のど》に飯を詰めるなよ」

筆子たちはいつも、持ってきた弁当を競争のように大急ぎで掻《か》き込む。そして、食べ終えた者から、広々とした矢島家《やじまけ》の庭へ飛び出していく。

「今日もおいらが一番！」

まだ口をもごもごさせながら叫んだのは、鋳掛屋《いかけや》の子の良彦《よしひこ》だ。わずかな差で出遅れた鳶《とび》の子の久助《ひさすけ》が、いかにも悔しそうに顔をしかめている。

職人の子たちは食べるのが早い。親の仕事柄、そうなってしまうようだ。

一方、武家の子たちはまったく違ったふうにしつけられている。であるのに、手習所に通い始めると、一度はほかの筆子の真似をして、早食いや不作法をやってみたくなるものだ。むろん、それが親に知られれば、屋敷できっちり叱られてしまうのだが。

麴町《こうじまち》から五日に一度通ってくる旗本の子、乙黒鞠千代《おとぐろまりちよ》も、一時はひどくやんちゃに振る舞いたがっていた。この頃はいい具合に落ち着いてきたようだ。九つの幼さながらも、何か思うところがあるのかもしれない。

昼餉と休息のひとときには、筆子たちの心身が元気かどうか、じっくり見ることができる。全員がよく食べ、よくしゃべり、よく駆け回ってくれる日は、ほっとする。

実は、このところ勇実が特に気に掛けているのは、筆子たちのことではない。大平将太《おおひらしょうた》の様子が何だかおかしいのだ。

将太は千紘と同じ十九の若者で、身の丈六尺余りの美丈夫《びじょうふ》である。手習いの師匠として身を立てるべく、日々奮闘している。中之郷《なかのごう》の旗本屋敷へ通って子弟に学びを授ける傍《かたわ》ら、勇実の手習所にも二日に一度は手伝いに来るのだ。

勇実は、弁当を半分食べたところでぼんやりしている将太に声を掛けた。

「将太、どうしたんだ？　近頃、元気がないな。悩み事があるなら、話を聞くぞ。将太？　おい、将太」

重ねて呼びかけ、肩まで揺すってやって、将太はようやく、はっと顔を上げた。

「ああ、すみません。何ですか？」

「何ですかじゃないだろう。本当に、一体どうしてしまったんだ？　手習いや剣術稽古をしている間はまだいいが、ちょっと手が空くと、たちまち心ここにあらずだ。おかしいぞ。抱え込んでいることがあるなら、話してくれないか？」

勇実は将太の正面に回り、その両肩に手を添えて、まっすぐ見つめて説いた。

筆子とじっくり話さねばならないときは、いつもそうするのだ。

将太の肩は、幼い筆子とは比べ物にならないほど分厚くて広い。彫りの深い顔立ちは精悍《せいかん》だ。甘さや柔らかさが削《そ》ぎ落とされたような造りはすでに十分に男くさく、とても十九には見えない。

子供の頃から、将太は実際の齢《よわい》より三つも四つも年上に見えるくらい体が大きかった。しっかりと鼻筋の通った顔立ちも、子供らしいものではなかった。

それと同時に、中身はむずかる赤子のようなたちでもあった。自分の心身をうまく操《あやつ》りきれず、怒りながら泣いて暴れてしまうことが少なくなかったのだ。

おかげで、当時の将太はわからず屋の暴れ者として有名だった。手習所ではほかの筆子たちに恐れられ、嫌われていた。

かくいう勇実も、六つ年上ながら、手に余る将太のことが苦手だった。暴れてはならないと諭《さと》そうにも、両肩をつかんでやってさえ、ちゃんと目が合わなかった。とにかくじっとしていられない子供だったのだ。

大人になった今の将太は、ずいぶんと落ち着いた。まっすぐに目をのぞき込めば、きちんと勇実の意を汲《く》んで、見つめ返すことができる。

今、将太は大きな目に困惑の色を浮かべ、眉間《みけん》に皺《しわ》を寄せている。

「確かに、悩んでます。どうすればいいかわからなくて。話さなけりゃならんことだし、話したいとは思ってるんですよ。でも、どこから、どう話せばいいのか」

鞠千代が箸を置き、隣に座る将太を見上げて言った。

「では、わたくしが先にとっておきの打ち明け話をしましょうか？　わたくしもこのところ、嬉しくもあり不安でもある出来事を胸に抱え、いつお師匠さまたちにお話ししようかと思い悩んでいたところです」

丹次郎《たんじろう》が柔らかなまなざしで鞠千代に微笑《ほほえ》みかけた。

「おいらは、鞠千代の悩み事なら、いつでも何でも聞くよ。話してもらえるんならね」

炭団《たどん》売《う》りの子の丹次郎は、十という年のわりに、かなりしっかりしている。幼い弟妹《ていまい》が幾人もいるので、家に帰れば子守《こも》りに親の手伝いに、くるくるとよく働いているらしい。

手習所でも、丹次郎は年下の筆子たちに優しい。今も、食べるのがゆっくりな鞠千代のことを、のんびりしながら待っていた。

鞠千代も丹次郎にいちばん懐《なつ》いているように見える。

「本当はもっと早く、特に丹次郎さんには、話したかったのですけれど」

「おいらに？」

「そうです。だって、丹次郎さんはきょうだいが多いでしょう？　ですから……」

鞠千代はそこで言葉を止めた。思わずといった様子で門のほうを見る。勇実も将太も丹次郎も、庭で遊んでいた筆子たちも、口をつぐんで目を向けた。

目明かしの山蔵《やまぞう》が、眉を吊り上げた恐ろしい形相《ぎようそう》で矢島家の門から飛び込んできたのだった。

「大変でさあ！　厄介《やつかい》なことになりやした！　こっちじゃ何事も起こってやしませんかい？」

山蔵の大声に、矢島家の庭も母屋《おもや》も離れも道場もたちまち、しんと静まり返った。

道場から顔を出した矢島龍治《りゆうじ》は、木刀を肩に担《かつ》いで、首をかしげた。

「特に何も起こっちゃいないが。厄介なことって？」

「北町奉行所《きたまちぶぎようしよ》で、岡本《おかもと》の旦那が揉め事を起こしたんでさあ」

「はぁ？　揉め事って、真っ当な同心《どうしん》と評判が高い、巷《ちまた》で噂の『厄除《やくよ》けの岡達《おかたつ》』が、一体何をやらかしたってんだ？」

岡本達之進《たつのしん》は北町奉行所の定町廻《じようまちまわ》り同心だ。山蔵に手札《てふだ》を預けているのが岡本である。年の頃は四十を越えたところだが、すらりとした体軀《たいく》で若々しい。頭が切れて腕も立ち、気前もよくて男前と、何拍子《なんびょうし》も揃っている。

矢島道場では、主《あるじ》の与一郎《よいちろう》が十代の若者だった頃からの縁で、捕物に力を貸している。勇実も幾人かの目明かしと顔見知りだし、ほかの同心とも会ったことがあるが、やはり最も馴染《なじ》み深い捕《と》り方《かた》は山蔵であり、その上役《うわやく》の岡本である。

「岡本さまと別の同心が言い争いになっちまったそうですよ。噂によりゃあ、しまいにはつかみ合いになってたとか何とか。まあ、内々にことを収めて、二人とも三日ほど謹慎《きんしん》になるだけで済まされるようなんですがね」

「喧嘩両成敗《けんかりょうせいばい》か。双方ともに軽い処分で終わるんなら、不幸中の幸いじゃねえかな。『忠臣蔵《ちゅうしんぐら》』にならなくてよかった」

龍治は軽い身のこなしで道場を出て、勇実のいる手習所の縁側へやって来た。

山蔵もこちらへ来て、話の続きをする。筆子たちがぞろぞろとついてきた。

「先月、龍治先生や勇実先生、それから筆子たちの力添えもあって、火牛党《かぎゅうとう》に属する下っ端《したっぱ》のごろつきどもをひっ捕らえたでしょう？　あいつらの裁きに関して、どうも不正があったようでして。品川《しながわ》の何とかいうごろつきども、いつの間にか解き放たれて、江戸からいなくなってたんですよ」

勇実は先回りして言った。

「その不正が、岡本さまの揉め事の理由というわけですか。岡本さまは、悪党どもの解き放ちに納得できず、不正をなした者を責め立てた？」

火牛党絡《がら》みの一件であり、しかも奉行所内で別の同心と言い争いになったと聞けば、おのずと、岡本が対峙《たいじ》した相手の顔も思い浮かぶ。

山蔵はうなずいた。

「まさしく。去年から引きずってる因縁《いんねん》でさあね」

龍治が苦々しげにその名を口にした。

「赤沢勘十郎《あかざわかんじゅうろう》か」

昨年、火牛党が牛耳《ぎゅうじ》る浅草新鳥越町《あさくさしんとりこえちょう》の料理茶屋、赤座屋《あかざや》から、おえんという名の女が逃げた。おえんは馬喰町《ばくろちょう》で新たな仕事を得て働いていたが、火牛党によって追われる身であった。

おえんには、壱《いち》という名の養い子がいた。養い子といっても、その素性は罪人であり、すでに十九かそこらの若者ではあったのだが、病みついてやつれていた。おえんは何となく壱の後ろ暗い事情を察しつつも、とても放ってはおけず、我が子のように身の回りの世話をしてやっていたらしい。

火牛党の手がついにおえんに伸びてきたとき、壱がそれを返り討ちにした。自らの命をなげうって、おえんを守ったのだ。

赤座屋騒動と呼ばれる一件である。火牛党はその頭《かしら》であった牛太郎《ぎゅうたろう》を討ち取られ、多くの者がお縄になって、一時は鎮静した。

しかし、それでしまいにはならなかった。

岡本と同じ北町奉行所の定町廻り同心である赤沢勘十郎が、牛太郎の父である。赤沢は、火牛党が浅草の縄張りで犯した罪を揉み消していた。それどころか、赤沢自身が牛太郎を通じて火牛党を操っていた節もある。

山蔵は吐き捨てるように言った。

「赤沢は、どら息子の牛太郎の死に関して、まだ恨みを募らせていやがるようでして。その矛先《ほこさき》を向けられているのが、もっぱら岡本の旦那なんでさあ」

それを聞いて、勇実は腕組みをした。

「岡本さまが赤座屋に真っ先に駆けつけて采配《さいはい》を振るった上、おえんさんを女中として屋敷に引き取っているからな。赤沢から見れば、わかりやすく自分に敵対する相手というわけだ」

捕物の話をする勇実たちを、筆子たちが輪になって取り巻いている。筆子たちにも聞かせているのは、すでに火牛党との件に巻き込んでしまっているからだ。

先月、勇実と龍治は火牛党の残党の手掛かりを追って浅草界隈《かいわい》を探索していた。すると、筆子たちに後をつけられた。筆子たちは、こそこそと出掛けていく勇実と龍治を怪しんで、「もしや浮気ではないか、悪い遊びをしているのではないか」と義憤に駆られたらしい。

むろん、二人が黙って動いていたのは筆子たちを荒事《あらごと》から遠ざけるためだったが、結局、危うい目に遭《あ》わせてしまった。火牛党にはまだ残党がいる。勇実たちはやつらの顔を見て、人相書きまでこしらえた。向こうもこちらの素性もつかんでいることだろう。

こういう事情であるから、筆子たちにも敵について知らせておくほうがいい。立ち向かわせるためではない。身を守るためには、まず敵を知らねばならない。

山蔵は、門から飛び込んできたときよりは落ち着いた調子で、勇実と龍治、そして将太や筆子たちに告げた。

「岡本の旦那からの伝言です。赤沢はもともと、奉行所で力を持っていやした。邪魔者が現れれば、火牛党を使って、そいつを除いていたようなんでさあ。でも、その火牛党の命運も風前の灯火《ともしび》だ。近頃じゃあ、赤沢から離れる者が相次いでいるそうです。だからこそ、岡本の旦那も喧嘩両成敗ってぇ形の謹慎で済んでるんですよ」

「なるほど。あとひと押しといったところなんですね」

「勇実先生の言うとおりです。赤沢をやっつけりゃあ、火牛党の後ろ盾《うしだて》はなくなる。あるいは、火牛党を根こそぎ捕らえりゃ、さすがの赤沢も裁きを歪《ゆが》めようがねえ。どうにかして、両方狩り取っちまいましょう」

真ん丸な目をして聞いていた鞠千代が、おずおずと声を上げた。

「わたくしたち筆子一同は、火牛党との闘いに備えるため、何をすればよろしいでしょうか？」

山蔵は、思いがけないほど柔らかな顔つきになると、力強い声で応じた。

「一人で通りを歩かねえこと、おかしなやつを見掛けたらすぐに知らせること、まずいと感じたら大声を上げること、だな。大人の目明かしでも、一人で悪党と闘うなんて博打《ばくち》はうたねえんだ。捕物で大事なのは、力を合わせることだぞ」

筆子たちは神妙にうなずいた。

勇実は思わず、龍治に目配《めくば》せした。龍治も「こりゃ驚いた」と言わんばかりの顔で笑った。

今年に入って念願の赤子が生まれてから、山蔵は少し変わった。どこがどう変わったと言い表すのは難しいが、何となく柔らかくなったのだ。

そのあたりを感じ取った筆子たちが、今までになく山蔵に懐くようになっている。捕物に奔走《ほんそう》する大人に、やはり子供は憧れるものらしい。

筆子たちのまとめ役である久助が、元気よく拳《こぶし》を突き上げた。

「みんな、これは北町奉行所からのお達しって言ってもいいんだぜ。おいらたちがうまくやれば、悪党を倒す力になれるんだ。大人たちに力を貸してやろう。やってやろうぜ！」

おうっ、と筆子たちは甲高《かんだか》い鬨《とき》の声を上げた。

伝えるべきことを伝えると、山蔵はさっと帰っていった。岡本が屋敷から出られないぶん、いろんな仕事を肩代わりして、縄張りじゅうを駆け回っているらしい。

何となく、龍治や筆子たちは縁側に集まったままだった。

そんな中で鞠千代が、勇実の袖を引いた。

「先ほどの話に、戻ってもかまいませんか？　火牛党の話も今聞けてよかったと思いますが、わたくしが胸に秘めていたことについても、お師匠さまや丹次郎さんのお知恵を借りたいのです」

勇実はほっと息をつき、鞠千代に笑みを向けた。

「そうだったな。後回しにして、すまなかった。皆にも聞かせていいのか？」

「はい。実は先月、わたくしに妹ができまして。我が家に初めての女の子が生まれたのです。ようやく昨日になって、お宮参りの折《おり》に、初めてちゃんと顔を見ることができました。かわいくて、元気がよくて、器量のよい女の子なのです！」

鞠千代は嬉しそうに頰《ほお》を染めている。

わぁ、と筆子たちは歓声を上げ、手拍子を打った。

勇実も少し驚きながら、鞠千代の肩をぽんと叩いた。

「それはめでたいことだ。お母上も大事《だいじ》ないんだな？」

「はい！　三十をいくつも超えてのお産で、心配されていたのですが、わたくしが生まれたときよりもずっと安産だったそうです」

「よかった。鞠千代もほっとしただろう」

「そうですね。大事をとるということで、母ともしばらく会わせてもらえなかったし、妹とはさらにちっとも会わせてもらえなかったのですが、やっとですよ！

お宮参りも済ませたから、そろそろわたくしがあやしてあげてもいいと言われました！」

「嬉しそうだな」

「もちろんですとも！　妹は本当に、本当にかわいい女の子なのです！」

丹次郎が鞠千代の肩を抱いた。

「そうだろ、そうだろ！　妹って、かわいいよな。鞠千代の妹なら、色白で美人なんだろ？」

「とびっきりの美人になると思います」

「美人のおひいさまかぁ。兄貴としては気掛かりでもあるよな。ちゃんと守ってやらなくちゃ」

「はい。まだ言葉が通じないので、乳母《うば》や女中もてんやわんやしています。わたくしも、妹のために、できることはしてあげたい。丹次郎さん、いろいろ教えてください」

「わかった。何だか嬉しいなあ。鞠千代に頼ってもらえるなんてさ」

鞠千代は、驚いたように目を丸くした。

「何を改めて今さらそんなことを言うのですか？　わたくしはいつだって、丹次郎さんを頼りにしていますよ。手習所の皆のことも、何があったって信じていますから」

鞠千代の言葉に嘘はない。去年、かどわかしに遭ったときも、仲間が助けてくれるのを信じ抜き、実に落ち着いて手を打っていた。あのとき、焦りと怒りで我を忘れそうになっていたのは、鞠千代や筆子たちではなく、実は勇実だった。

龍治やほかの筆子たちからも妹の誕生を祝ってもらった鞠千代は、ぴんと背筋を伸ばして将太に向き直った。

「さて、将太先生。わたくしは打ち明けましたよ。赤ん坊はその身に何が起こるかわからぬから、せめてお宮参りを済ませるまでは黙っておくようにと、父と母に言われていたのです。わたくしは親の言いつけを守り、そして、打ち明けたのです」

将太は大きくうなずいた。その手にはまだ、食べかけの弁当がある。

「今度は俺の番だな」

「はい。お話ししてもらえますか？」

将太は、痛みをこらえているような顔をして、深い息をつきながら笑った。奇妙な表情だった。勇実は、将太がそんな顔をするところを見たことがない。将太は苦しそうに話を切り出した。

「鞠千代の話と、少し似ている。いや、ある意味では、同じ話と言えるかもしれない。俺にも、ついこの間、妹ができてな。ただ、血のつながった妹ではなくて、養女なんだ。よその家で生まれ育ったおなごが、いきなり、俺の妹になった」

ええっ、と声を上げて驚いたのは、町人の子たちだった。

武家の子たちは、今の将太の説明で、すぐにぴんときたようだ。特に、近所の御家人の子の海野淳平《うんのじゅんぺい》は、同じく近所である将太の実家、大平家の事情をいくらか聞いてもいるらしい。合点《がてん》のいった顔をして、将太に確かめた。

「妹さんは、縁談のために大平家の養女になったんでしょう？　御家人の大平家の娘という形をとることで、相手方との家柄の釣り合いがとれるように、というわけなんですよね？」

龍治が目をしばたたいた。

「耳が早いな、淳平」

「姉がそういうお年頃ですから、我が家には近所の縁談の噂がどんどん飛び込んでくるんです」

「淳平の姉上は十五かそこらじゃなかったか？」

「十五で許婚《いいなずけ》がいないので、焦っているみたいですよ。その点、矢島道場の隣に住んでいる千紘姉ちゃんは、何の憂《うれ》いもなかったようですけど」

淳平は生意気な口ぶりで言ってのけた。龍治は苦笑し、淳平の頭を小突《こづ》くふりをしてみせる。

ふざける二人を横目に、勇実は将太と向き合った。

「義理の妹ができるという話、もしかして、将太は事前に聞いていなかったのか？」

将太はうなだれた。

「そうなんですよ。知ってのとおり、俺は大平の屋敷の居心地が悪くて、日頃は親や兄たちともほとんど口を利きません。それが、先日いきなり、今日の夕餉の席には必ず顔を出すようにと言われて、仕方なしに従ったら……妹、が、いました」

「縁談のためというなら、形だけの養女ではないのか？　すぐに大平家を出ていくのでは？」

将太はかぶりを振った。

「それが……縁談が反故《ほご》にされてしまったらしいんです。相手方の事情のようなんですが」

「では、妹御《いもうとご》は？」

「今後も大平家に留《とど》まります。新たな縁談を探してやると、父は言っていました。何にしても、実家に送り返すことなんてできないんですよ。だって、あの子の実家は長崎《ながさき》の薬種問屋《やくしゅどんや》なんで」

「長崎だって？」

勇実は思わず大声で訊き返した。筆子たちも一人残らず、驚きの声を上げた。

日《ひ》の本《もと》の全図が頭に入っていなくとも、長崎の位置と役割だけは、皆よく覚えているのだ。

日の本の西の端に位置する長崎は特別な町だ。幕府の天領として江戸から役人が遣わされる。その一方で、在地の商人たちの力も強い。江戸の役人と在地の商人、二者は思惑《おもわく》を絡ませ合いながら、他の地にはない独自のやり方で長崎を治めている。

長崎には、異国と同じ風が吹いているという。オランダ船と清国船《しんこくせん》が商いのためにやってくる。珍しい書物も風変わりな文物も、長崎の地を踏めば目にできる。伝手《つて》があるなら、禁書《きんしょ》を買うことさえできるという。

龍治は、ぽんと手を打った。

「ああ、そうか。将太のところは小普請《こぶしん》入《い》りの御家人といっても、医者の家柄なんだよな。しかも、腕もよけりゃ羽振りもいいって、かなりの評判だ。だから、江戸の薬屋どころか、長崎の薬種問屋とも付き合いがあるってことか」

「はい。父も兄たちも、叔父や従兄弟《いとこ》も、金持ち御用達《ごようたし》の駕籠《かご》医者で、顔が広いみたいで」

俺はよくわからんのですが、と将太はぼそぼそと付け加えた。

「妹ってのは、いくつなんだ？」

「十七だそうです」

「へえ。そりゃまた難しい。手習所に通う年頃の子供ならともかく、十七で商家育ちのお嬢さんとはな」

鞠千代は、勇実の真似をするように腕を組み、うぅんと唸《うな》った。

「つまり、将太先生が抱える悩みは、急に妹ができてびっくりしている、ということですよね。しかも、その妹は赤ん坊ではなく、長崎生まれの十七の娘さんで、本来は花嫁になるために江戸にやって来たのですね。それは確かに、戸惑いますよね」

将太はあいまいに笑って、首をかしげるような格好でうなずいた。

「そうだな。どうしていいか困ってしまって、それに、まあ、何というか……」

勇実はその瞬間、はたと気がついた。理由はない。ただの勘だ。しかし、間違っていない気がする。

思わず勇実は、将太がこれ以上率直な話をする前に止めた。

「将太、このことは後でまた話を聞こう。手習いが終わってから、千紘も同席するというのでどうだ？　十七の娘御のことは、年の近い千紘の言葉が助けになるんじゃないか？」

もしも勇実の勘が当たっているなら、将太の打ち明け話はいささか外聞《がいぶん》の悪いものだ。筆子に聞かせてまずい話とまでは言わないが、おかしな噂の種になりかねない。

龍治がかすかに眉をひそめた。龍治も何か察したのかもしれない。

将太は勇実の言葉に、素直にうなずいた。

「ああ、確かに。千紘さんにも聞いてもらうほうがいい。俺、本当に、どうしていいかわからないんですよ」

そう言って、将太は顔をしかめつつ笑ってみせた。

とても優しいようでいて、何かに傷つけられたがっているかのような、不思議な表情だ。将太はさっきもそんな顔をしていた。

勇実は、その笑顔に心当たりがある。

惚れても詮《せん》ない人に恋心を抱《いだ》いてしまった、愚かな自分に向けた苦笑だ。好きだと伝えれば、きっと迷惑をかけてしまう。だから何も言えない。

将太は、そんな顔をして笑っていた。

二

お吉が茶を淹《い》れ、おやつのあずきどうふを出してくれた。まずは食べようか、と勇実が言ったところで、ちょうど千紘が出先から帰ってきた。

「ただいま戻りました。あら、龍治さんと将太さんもいるの？」

さして広くもない屋敷だから、勝手口で下駄《げた》を脱ぐ千紘の声は、勇実たちのところまでよく響いてくる。

「千紘、ちょっと相談事があるんだ。荷物を置いたら、こっちに座ってくれ」

勇実が声を掛けると、千紘はきょとんと首をかしげた。風呂敷包みを胸に抱えたその姿に、勇実は一瞬、母の面影《おもかげ》が重なるように感じた。

母は勇実が十のときに亡くなった。息子の目から見ても、きれいな人だった。しかし、母の記憶は勇実の脳裏《のうり》から年々薄らいでいく。千紘が母親似なのかどうかさえ、勇実にはもうわからない。

千紘が龍治の隣に腰を落ち着け、茶とおやつに一息つくのを見計らって、勇実は将太に促《うなが》した。

「昼間の話を改めて聞きたい。こたびは途中でさえぎったりなどしないから、話してくれないか？」

将太は勢いよく茶を飲み干すと、先ほどよりも淡々とした口ぶりで、ことのあらましを語った。

大平家の養女として、長崎育ちの十七の娘が江戸にやって来た。娘は大平家から他家へ嫁いでいくはずだったのが、縁談を反故にされた。

しかし、娘を今さら長崎に送り返すこともできない。娘は結局、本所亀沢町《ほんじょかめざわちょう》にある大平家の屋敷でそのまま暮らすこととなった。

将太はためらいがちに、その娘のことを「妹」と呼んでいる。

話が一段落したと見るや、千紘がすかさず口を開いた。

「妹さんは何という名なの？」

「あ、ええと、今は、大平理世《りよ》という名だ」

将太は宙に指で字を書きながら、理世、と繰り返した。

「理世さんね。長崎の大きな薬種問屋のお嬢さまなんでしょう？」

「お嬢さまかどうかは……どうなんだろう？　父からもあまり詳しくは聞いていないし、話していないから、よくわからん」

「話していないって？」

「口を利いてくれなかった。初めて会ったときにはあいさつしたし、その後も話しかけてはみたんだが、理世です、と名乗ったのを聞き取れただけで、あとはうなずいたり首を左右に振ったりするくらいだ。目も合わせてもらえなかった」

「それは、なぜなのかしら？」

「さあ……」

千紘は眉をひそめた。

「理世さんは、もしかして一人で長崎からやって来たのですか？」

「そうだ」

千紘は早口になって畳みかけた。

「身のまわりのお世話をする人はいないの？　十七の娘さんが、たった一人で遠い江戸へ来たということ？　しかも、頼りになるはずの嫁ぎ先から、いきなり縁談を反故にされたのですよね？　それって、どんなに不安なことかしら」

　将太は畳に目を落とした。

「そうだよな。まったくもって、そのとおりなんだ」

「将太さん、理世さんはお屋敷でどうやって過ごしているの？　ずっと一人でいるのではないんですか？」

「まったくの一人じゃないはずだ。長崎から猫を連れてきていて」

「猫、ですか」

「うん。まだ小さい猫だ。体じゅうが黒くて、尻尾《しっぽ》が鉤形《かぎがた》に曲がっている。ああ、そうだ。猫の名を訊いたときも、口を開いてくれたな。会話を続けてはくれなかったが」

「その猫ちゃんだけが話し相手なのかしら」

　将太はため息をついた。

「そうかもしれないが、何もわからない」

　千紘は頬に手を当てて思案するそぶりを見せた。何となく、勇実と目が合う。

勇実は、将太に問いたいことがあった。が、うまく言葉を見つけられずにいる。

そんな勇実の意を汲《く》んだわけでもないだろうが、千紘がまた口を開いて、将太に切り込んだ。

「理世さんって、かわいらしい人なのね？」

そのたった一言で、将太の顔つきがすっかり変わった。泣くのをこらえるかのように顔をしかめ、頬も耳も首筋までも、たちまち紅潮《こうちょう》させたのだ。

勇実は、勘が当たっていたことを悟った。そういうことか、と龍治がつぶやいた。

将太は膝の上で硬く拳を握っている。震える声で、将太は言った。

「一目惚れをしたことが、ありますか？」

千紘と龍治はかぶりを振った。

勇実には覚えがある。

「わからないでもないよ。去年、少し話しただろう？」

「そうでしたね。勇実先生は十八の頃にそんな恋をしていた、と。俺、去年その話を聞いたときには、ちゃんとわかっていなかったんです。こんな、自分ではどうしようもないものにつき動かされるような……一体何なんだろう、これは

「……」

将太は呻《うめ》くように言って、己《おのれ》の胸を拳で打った。

つまり、将太がこのところ胸に抱えていた悩み事とは、いきなり義妹《ぎまい》ができたことだけではなかった。その義妹に、あろうことか、一目惚れしてしまった。それが苦しいのだ。

龍治は行儀悪く、あぐらの膝に頬杖をついた。

「そういうのは、しょうがねえよ。妹として大事にしろ、かわいがってやれと言われても、突然引き合わされた相手で、しかも血がつながってないわけだろ？それは本当に、どうしようもないって」

勇実は袋小路に迷い込んだような心地《ここち》で嘆息した。

「しかし、書面ではもう正式な兄妹《きょうだい》なんだろう？そんな間柄で何かあったら、外聞がよくない。将太もそれがわかっているから、悩んでいるんだよな？」

将太は頭を抱えた。大きな体を丸め、肩で息をしている。手指にも腕にもがちがちに力がこもっているのが見て取れた。

千紘は将太のそばに膝を進めると、ぽんぽんとその背中を叩いた。

「まったくもう、子供の頃みたい。我慢するより、わあっと泣いて叫んで、すべて吐き出してしまえばいいわ。そうしたら、ちょっとは落ち着くでしょう？」

「叫びはしない」

意地を張るように言った将太は、見開いた大きな目から、ぼたぼたと涙をこぼした。千紘は苦笑しながら、引き続き、将太の肩や背中を優しく叩いてやっている。
六、七年も前になるだろうか。二人が子供の頃にはたびたびこんなことがあった。
幼い将太は、龍治との剣術稽古を通して、体にあり余る力を操り抑える術を身につけた。感情が高ぶっても暴れずに済むようになると、じっと机に着いて学ぶことも覚えた。

将太は次第に辛抱《しんぼう》強くなった。体の大きさと力の強さが自覚できてくると、人やものに触れるときは、おっかなびっくりと言えるくらいに優しくなった。

すっかり大人びたものだと思っていたが、根っこのところは少しも変わっていないようだ。

将太の心の動きは、体とそのまま結びついている。強く心を揺さぶられれば、わなわなと震えてしまうほどに全身が強張《こわば》る。堰《せき》を切ったように、涙まであふれてしまう。

勇実は、亡き父源三郎《げんざぶろう》が将太にどんな接し方をしていたかを思い出した。涙の止まらない将太の顔をのぞき込み、静かな声で語りかけ、古典を聞かせたり古歌を口ずさんだりなどしていた。そうやって、将太が言葉を発することができるまで、のんびりと待っていたのだ。

「黙然《もだ》をりて賢《さか》しらするは酒飲みて酔《ゑ》ひ泣きするになほしかずけり……大伴旅人《おおとものたびと》の歌を、父は好いていたな。じっと黙りこくって賢いふりをする人よりも、酒を飲んで涙を流すような人のほうが好ましい、といったところか」

手ぬぐいを将太の手に押しつけていた千紘が、勇実にうなずいた。

「古い歌には人の思いがまっすぐに表れているから好きだと、父上さまはおっしゃっていました。『昔の男は実に素直に涙を流せたものだが、武士は見栄を張るのも務めのうちだ。なかなか正直にもなれんなあ』なんて言って」

勇実は改めて、源三郎が将太の人柄と才を殊《こと》のほか買っていた理由に思い至った。

いにしえの心優しい益荒男《ますらお》に憧れた源三郎にとって、大平将太という少年は、まさに理想の男児だったのかもしれない。

　そうしてしばらく経つうちに、やがて将太が口を開いた。

「もう大丈夫です。気持ちが落ち着いてきました。誰にも言えなくて、苦しかったんです」

　龍治の目配せを受け、勇実は将太に問うた。

「それで、将太はどうしたいんだ？　理世さんと話したいのか？　それとも、いっそ離れてしまいたいのか？」

　千紘が将太の肩に手を置いたまま、勇実のほうへしかめっ面を向けた。

「そんな訊き方は意地悪です。いきなり決断を迫るなんて、将太さんを追い詰めるみたいじゃないですか」

「いや、そういうつもりはないんだが……」

　つんとして勇実に横顔を見せると、千紘は将太に言った。

「わたし、まずは理世さんとも会ってお話ししてみたいんだけど、どうかしら？　理世さんは江戸に来て日が浅くて、あまり出歩いたこともないのではない？　よかったら、そうね、菊の花を見に行くとか」

　将太は目をしばたたいた。

「菊の花？　よいところがあるのか？」

「百登枝《もとえ》先生のお屋敷よ。お庭の菊がきれいだから、お友達を連れて見に来ないかと誘われているんです。菊香《きくか》さんに声を掛けているのだけれど、よかったら、将太さんも理世さんと一緒にどう？　将太さんは百登枝先生と何度もお会いしているでしょう？」

将太の顔に、ぱっと明るい光が差した。

「いいのか？」

「ええ、もちろん。百登枝先生はにぎやかなのがお好きだし、九月の二十日は百登枝先生がお生まれになった日なんです。その日にはお茶会をしましょうと、前からお誘いを受けていて」

「生まれた日を祝う茶会か。西洋人みたいで、洒落《しやれ》ているな。さすが博覧強記の百登枝先生だ。そういうことなら、い、妹にも声を掛けやすい」

「わたしが文《ふみ》を書いて、将太さんに預けましょうか？　それなら、将太さんが理世さんと話すきっかけがつかめなくても、ちゃんと理世さんに話が伝わるわ」

「そうしてほしい。何から何まで世話になるな。ありがとう」

「大したことでもないわ。いつもどおりでしょ」

千紘と将太は、気の置けない幼馴染み同士、肩の力を抜いた様子で笑い合った。

龍治が勇実の脇腹をつついた。

「やっぱり、千紘さんに相談に乗ってもらって当たりだったな」

「まったくだ」

勇実はしみじみとうなずいた。千紘の無邪気なお節介《せっかい》には、どうもかなわないのだ。

三

千紘の手習いの師匠である百登枝は、幼い頃からとてつもない秀才として知られていたらしい。男であればどれほど出世していただろうか、と惜しまれてもいたそうだ。

だが、千紘は百登枝に告げたことがある。

「百登枝先生が殿方でなくてよかったと、わたし、心から思うんです。だって、百登枝先生がご公儀のお役に就《つ》いてどんどん出世してしまっていたら、こうしてわたしたちが手習いを教わることもなかったはずでしょう？」

それを聞いて、百登枝も笑って応じた。

「わたくしも、男に生まれなくて幸運だったと思っておりますよ。お勤めの忙しい立場であれば、こんなふうに皆さんとともに学ぶことができず、心ゆくまで書物に入れ込む暇《いとま》もきっとなかったでしょうから」

「百登枝先生もそう言ってくださるなら、わたしたちも嬉しゅうございます。筆子として光栄です」

「こちらこそ。ですが、なぜ男でなければ表舞台に立てないのでしょうね？　逆に言うと、男でさえあれば、さほど優《すぐ》れていなくとも表舞台に立てるのです。おかしな世の中ですこと。ねえ？」

品のいいたたずまいで、危ういほど痛快なことを言ってのける。そんな百登枝のことを、筆子であるおなごたちは皆、大好きだった。

百登枝は今年に入って体の調子を崩すことが多くなった。五日に一度開いていた手習所も、できなくなって久しい。

具合のよいときに、百登枝は千紘に手紙や遣いを寄越す。会ってお話ししたいのです、と呼び出され、千紘は、百登枝の住む井手口《いでぐち》家の離れへ足を運ぶのだ。

九月二十日。

百登枝が生まれた日であり、数えて六十七回目の九月二十日である。幸いなことに、朝からぽかぽかとした陽気に恵まれた。

菊の花見の茶会は、にぎやかなものとなった。菊の咲き乱れた庭のあちこちに床几《しょうぎ》が出され、上等な茶とともに、珍しい南蛮菓子《なんばんがし》が振る舞われている。

百登枝は、千紘を筆頭に、最後の筆子となった娘たちにも声を掛け、友達も一緒に遊びに来るようにと誘っていたらしい。

髪結《かみゆ》いの修業に励むおユキや、小間物屋《こまものや》の跡取り娘として縁談がまとまったというお江《ごう》とは、千紘も久しぶりに顔を合わせた。二人とも十五だが、びっくりするほど大人びている。

「しばらくぶりね、おユキさん、お江さん。今日はゆっくりできるんでしょう？後でまたお話ししましょうね」

千紘は慌ただしく、懐かしい人たちにあいさつをして回った。そのままおしゃべりに興じてしまいたい気持ちを、ぐっと抑える。

まずは、一緒にやって来た菊香や将太たちに庭を案内しなければならない。

「菊香さん、こっちです。皆さんも一緒に来てくださいね。百登枝先生にごあいさつしに行きましょう」

千紘は、親友の亀岡《かめおか》菊香の手を取って、先に立って歩いた。

「本当に広いお庭ですね」

菊香は長いまつげをしばたたいて、興味深そうに庭をぐるりと見やった。

「広いし、いろんな草木が植えてあるでしょう？　どんな季節にお邪魔しても、新しい見どころを見つけられるお庭なの。高さや奥行きに工夫を凝《こ》らして、さらに広く見えるようにしてあるんですって」

小川を模《も》した池と、そこに架かる橋。色づきつつあるもみじの木と、つぼみの膨らんできた山茶花《さざんか》の垣根。

千紘と菊香の後を、勇実と龍治と、将太と理世がついてくる。千紘はしばしば振り返り、理世を気遣った。

「理世さん、知らない人ばかりで疲れるようだったら、将太さんと二人でどこかに座って、ゆっくりしていてくださいね」

千紘が微笑みかけると、理世はにこりとしてうなずいた。

人懐っこそうな笑みである。しかし、千紘が理世と会うのは三度目にもかかわらず、まだ一度も声を聞かせてもらっていない。

将太が悩みを打ち明けたその翌日、千紘は大平家に招かれ、理世と初めて顔を合わせた。

理世は確かに愛らしい娘だった。

顔立ちは人形のように整っている。髪がつやつやと不思議な具合に輝いて見えるのは、色がいくぶん薄いからだ。日の光が当たったこぼれ毛は、黄金色《こがねいろ》に透けている。

また、かなり小柄な娘でもある。顔も小さければ肩も細く、形のよい手もとても小さい。人並外れて背の高い将太と並ぶと、体つきの違いがさらに際立つ。

その日の将太は、千紘には意外なほどに落ち着いていた。いや、日頃の明朗快活な話しぶりと比べれば、理世の前では戸惑いがちではあった。それでも、十分に優しい笑い方ができていたし、大きな体も頼もしく見えた。

理世は、菊の花の茶会への誘いに笑顔でうなずいてくれた。人が嫌いというわけではないようだ。しかし、声を発してくれなかった。

将太は一晩考えて、己の望みをはっきりさせていた。

「理世とは兄妹《きょうだい》として仲良くしたい。一人きりで江戸へ出てきた理世に、兄として頼ってもらえるようになりたいんだ」

「一目惚れしてしまったのでしょう？　その気持ちはどうするの？」

「どうもしない。理世にも誰にも知られないようにする。そうするのがいちばんいい。だから、千紘さんも忘れてくれ」

頼む、と将太は頭を下げた。

また別日のことだ。菊香が千紘のもとに遊びに来たときに、将太と理世の話になった。一目惚れ云々《うんぬん》のことはひとまず脇に置いて、長崎から来た義妹と仲良くしたいのだ、ということの相談である。

将太は、千紘には訊かなかったことを口にした。

「菊香さんは、俺を怖いと思いませんか？」

きょとんとした菊香がかぶりを振ると、将太は切々と訴えた。

体が大きく力が強かった子供の頃、自分は嫌われ、怖がられてばかりだった。あの頃よりいっそう体が大きくなった今、自分の姿は、見るからに恐ろしいのではないか。

菊香はまたかぶりを振り、何かを言いかけて、その前に笑い出した。珍しいことに、声まで立てて笑ったのだ。ひとしきり笑って落ち着くと、菊香は言った。

「ごめんなさいね、急に笑ってしまって。将太さんを怖いと思ったことなどありませんよ。体が大きいことも力が強いことも、頼もしいと感じます。日頃の将太さんを一言で表すならば、どうしても『かわいい』という言葉が頭に浮かんでしまって」

「か、かわいい？」

将太は素っ頓狂《すっとんきょう》な声を上げた。それでまた菊香は笑った。

「そういう顔をされる気がしました。だから何だかおかしくなって、笑ってしまったんです。大の男にこんなことを言うのは失礼かもしれませんが、年増女《としまおんな》のたわごとだと思って許してください」

「と、年増って、そんな、ひどく老けたような言い方はよしてください。二つしか離れてませんし、許すも何もないんですが、しかし……かわいい、とは……」

「あなたは、かわいいんですよ。素直でまっすぐで。ですから、将太さんはそのままで大丈夫です」

将太は眉間に皺を寄せ、よくわからんといったふうに頭をひねっていた。

千紘はまた足を止めて振り向いた。

小さくて華奢《きゃしゃ》な理世がちまちまと足を動かしてついてくる姿は、同じ女の千紘から見ても愛くるしい。

何とかして話をしたい、仲良くなりたいと将太が望むのも無理からぬことだ。

千紘は将太を促した。

「わたしは百登枝先生や若さまにごあいさつしに行くから、その間、将太さんは理世さんと一緒に、あちらでお菓子をいただいていたら？　やっぱり、知らない人ばかりの場では、理世さんも疲れてしまうでしょう？」

将太は、ぎこちなくも優しい笑顔を理世に向けた。

「そうだな。俺たちはあちらへ行っていようか、理世」

理世はかすかに、びくりと肩を震わせた。だが、素直にこっくりとうなずいた。将太が歩き出せば、後についていく。将太は理世の歩幅に合わせ、ゆっくりと足を進めていった。

菊香が微笑ましげに言った。

「あのぶんなら、心配いらないのではありませんか？　理世さんも将太さんを恐れているようには見えません」

「わたしもそう思う。将太さんは案外、怖がりなところがあるのよね。自分は鬼のように体が大きくて力が強いから人を怖がらせてしまうんだって言うけれど、将太さん自身がいちばん、将太さんを怖がっているように見える」

「ええ、本当に」

将太は、理世の様子をちらちらと気にしながら歩いていく。不器用で優しい後ろ姿だ。

血のつながらない兄妹。突然、ひとつ屋根の下に住むことになった間柄。

将太の望むとおりだ。まずは理世がちゃんと話せるようになればよい、と千紘は思う。


千紘は、百登枝に菊香を紹介した。

「ずーっと前から、二人を引き合わせたかったんです。ようやくお話ししてもらえるわ。百登枝先生、こちら、亀岡菊香さんです」

百登枝は、痩せているためにひときわ大きく見える目を、まるで若い娘のようにきらきらと輝かせた。

「まあまあ、初めまして、菊香さん。わたくしは百登枝と申します。千紘さんから菊香さんのお噂をたくさん聞かされていますよ。思い描いていたとおりのお嬢さんね。初めてお会いした気がしないくらいだわ」

菊香は、はにかむように長いまつげを伏せ、きれいな仕草で頭を下げた。

「亀岡菊香でございます。わたしも、百登枝先生のことは千紘さんからうかがっています。お会いしとうございました」

「今日も八丁堀北紺屋町《はっちょうぼりきたこんやちょう》からいらしたのですか？」

「はい。この本所まで、もうすっかり通い慣れた道と相成りました。今日の百登枝先生の帯は、菊の柄《がら》なのですね」

「庭の菊に合わせて、選んでみましたよ。筆子たちも、帯や簪《かんざし》に菊の柄を選んできたみたい。特に示し合わせてもいないのですけれどね」

百登枝はくすぐったそうに笑っている。

千紘は手ぬぐいを取り出した。薄花色《うすはないろ》の地に、菊の花が染め抜かれている。

「見てください、近頃お気に入りの手ぬぐいなんです。素敵でしょう？　この色合いと柄を見たときに、菊香さんっぽいと思ったんですよ」

菊香はぱちぱちと目をしばたたいた。

「そうですか？」

「だって、菊香さん、薄花色みたいな淡い青色が似合うでしょ？　着物は、墨色《すみいろ》や鼠色《ねずみいろ》がかった青が多いけれど、もっと明るい青もいいんじゃないかしら。ほら、この手ぬぐいの涼しげな色も似合うし、あとは、びいどろの透き通った青色も合いそう」

「わたしはそんな……もう、華やかな着物が似合う年でもありませんし。二十一ですよ。同じ年頃のおなごの多くは誰かと一緒になって、人妻らしくしっとりとした丸髷《まるまげ》を結って、それが似合っているというのに」

菊香は、ひそやかに苦笑した。千紘は頰を膨らませた。

「またその話。菊香さんは自分の値打ちを低く見積もりすぎです」

菊香の着物から、焚《た》き染《し》められた花の香りがふんわりと漂っている。いつもと同じ、くちなしの香りだ。

百登枝も、その香りに気づいたらしい。体は病で弱っていても、目も耳も鼻も鋭いのだ。

「菊香さんの着物から香っているのかしら。涼やかで、よい香りですこと」

「恐れ入ります。生きたお花の香りで満ちたこのお庭では、かえって邪魔になってしまうかもしれませんが」

「そんなことはありませんよ。菊の花の香り、お茶の香り、南蛮菓子の香り。いろんな香りで満ちていて、にぎやかで、息を吸うだけで楽しく感じられるではありませんか。それにしても、菊香さんの着物、菊の香りではないのですね？」

「くちなしです。母の好きな花で」

「お名前のとおり菊の花の香りをまといはしないのですか？　かぐわしくも優しい、素敵な菊の香りは、あなたにぴったりですのに」

菊香の頬にたちまち朱《しゅ》が差した。

「いえ、それは、あまりにも恥ずかしゅうございますから……菊の香りも柄も華やかすぎるように感じられて、わたしには、とても……」

そうやって照れているときの菊香は本当に可憐で、千紘は胸がきゅんとしてしまう。

ましてや兄は、と横目でうかがえば、たいそう熱のこもったまなざしを菊香のほうに向けていた。その向こう側に、かつて勇実贔屓《びいき》だったお江がびっくりした様子で立ち尽くしているのも見えた。

お江は千紘と目が合うと、口をぱくぱくさせながら手招きした。今すぐにどうしても話したいことがある、ということだろう。

千紘は菊香を百登枝のところに残して、お江のほうへ行った。お江は千紘の袖を引っ張って勇実から十分に離れると、声を上ずらせながらまくし立てた。

「久しぶりにお会いしてみたら、勇実先生ってば、何だか男の色気が増したみたいですね！　それに、あの菊香さんって人を見つめてるとき、勇実先生から熱っぽい何かがこう、だだ漏れになっていて、もう、こっちまでどきどきしちゃいました！」

千紘は思わず呆《あき》れて笑った。

「男の色気だなんて。あの兄上さまの様子が、他人の目からはそんなふうに見えるのかしら」

「えっ？　千紘先生にはわかんないんですか？」

「菊香さんが近くにいるときの兄上さまは、ぽーっとしたり、でれでれしたり、どうも格好がつかない様子にしか思えないのだけれど」

「そんなんじゃないでしょ！　もっと慈《いつく》しむような、包み込むような、それでいて物欲しそうな、すっごく色っぽい顔をしてましたよ。ねえ、勇実先生と菊香さんって、どういう仲なんです？」

千紘は小首をかしげた。

「たぶん、兄上さまの片想い？」

お江は声をいっそう高くした。

「嘘ぉ、もったいない！　二枚目の色気が無駄遣いされてるなんて！　あの色気は垂れ流しにしちゃ駄目です！　誰かがちゃんと受け止めないと、まわりのおなごが流れ矢に当たって大変なことになります！」

何事かと、勇実も菊香も百登枝もこちらを振り向いた。

千紘とお江は笑ってごまかし、そそくさとその場を離れた。

「いつものあずまやで話しましょうか」

千紘が言うと、お江はこっくりとうなずいた。派手な髪をしたおユキも、にんまり笑って合流する。

「ねえねえ、二枚目の色気って何の話？　もしかして龍治先生のこと？」

おユキは龍治贔屓なのだ。このところ道場の見物に来ることも減っていたが、一時はずいぶん熱心だった。

お江はひそひそ声で言った。

「さっきのは、勇実先生のこと。でも、龍治先生も大人の男って感じになってきたよね」

「そうよね。それにさ、千紘先生も変わったんじゃない？　もしかして、龍治先生と何かあった？　一緒に箱根《はこね》に行ってきたんでしょ？　温泉、どうだった？」

千紘は、お江とおユキにしかめっ面をしてみせた。

「何を思い描いているのか知らないけれど、そんなんじゃありませんよ。温泉だって、あのね、武家の女は、夫でもない人に肌をさらすようなこと、決してしないんですから」

「ふぅん、夫でもない人、ね。祝言《しゅうげん》を挙げるまではってことで、おあずけにしてるの？」

「だ、だから、別に龍治さんからはそういう話をしてもらったこともないし」

「それじゃあ、若さまのほうは？　はっきり答えを出したわけじゃないんでしょ？　さっきからちらちら、若さまは千紘先生のほうを見て、そばに来たがってるみたいだったけど」

おユキの言うとおりだ。若さま、こと井手口悠之丞《ゆうのじょう》のまなざしには、千紘も気づいていた。

「立場を考えれば、わたしのほうからごあいさつに行くべきなのかもしれないけれど、あちらには若さまの手習いのお師匠さまもいらしているでしょう？　お二人でずっと何かお話ししておられるから、邪魔をしに行くのも悪いわ」

「行っていいと思うけど？　若さまは千紘先生のことをお師匠さまにも見せびら

かしたいはずよ。この千紘どのこそが私の大切な人なのだ、なんて言って。ね、千紘先生は若さまからも秋波《しゅうは》をたっぷり浴びせられてるんでしょ？」

「何のことかしら」

「まあ、そっけない。でも、千紘先生のそういうそぶりが、ますます殿方たちを惹きつけちまうのかしら。男の人って、逃げる獲物《えもの》を追いたがるっていうわよね。千紘先生ったら、釣りが上手《じょうず》なんだから」

「そ、そんなつもりはないわ。人聞きの悪いことを言わないでください。二人はどうなの？　百登枝先生から少し教えてもらったのだけれど、二人とも、いい人ができたんでしょ？」

千紘が水を向けると、お江もおユキも、ぱっと花が咲くように笑った。

四

黄金色の南蛮菓子からは、ふんわりと甘い香りがする。頬張ってみると、思いのほか、しっとりした舌ざわりだ。嚙《か》まずとも、舌の上で溶けていくかのよう。香りのとおり、こくがあって甘い。

「うまいな！」

将太は、ついつい頬を緩めた。

床几に隣り合って腰掛けた理世は、将太を見上げ、ちらりと微笑んだ。思わず大きな声を上げてしまったが、理世を脅《おど》かさずに済んだようだ。

「理世も食べるといい。この菓子、うまいぞ」

床几は鉢植えの菊の花に囲まれている。理世の後ろにあるのは、南蛮菓子と同じような、柔らかみのある黄金色の花だ。

理世は、自分の皿に載った南蛮菓子を見た。まだ口をつけていない。理世は黒《くろ》文字《もじ》を使って、南蛮菓子を二つに切った。片方を黒文字で刺して、将太に差し出す。

将太はきょとんとした。

「ん？　俺に半分くれるのか？」

理世はうなずき、将太の皿に南蛮菓子の半分を載せた。将太はぺろりと一口で自分のぶんを平らげてしまったのだ。体の大きな将太はよく食べる。それを理世もわかっているらしい。

将太はかぶりを振った。

「いや、これは理世のぶんだ。せっかくの珍しい南蛮菓子なんだから、理世もたくさん食べるといい」

理世は黒目がちな双眸《そうぼう》で将太を見上げていたが、不意に口を開いた。

「かすていら。南蛮菓子の名前、かすていらっていうと。長崎におった頃、よう食べよった」

ささやくような声だった。鈴を転がすように愛らしい響きだ。

将太は思わず息を呑み、どきどきと騒いで仕方ない胸を押さえた。

「かすていら、だな。そうだ、聞いたことがある。オランダ渡りの菓子なんだよな。長崎では、江戸よりも手に入りやすかったということか」

理世はちょっと目を見張り、折れそうに細い首を小鳥のようにかしげた。

「兄さま、うちの言葉、わかったと？」

理世に兄と呼ばれたのは初めてだ。しかも、兄上という堅苦しい言い回しではなく、「兄さま」ときた。思い描いてもいなかったことだ。

将太は顔が熱くなっていくのを感じた。みっともないほど赤くなっているかもしれない。

だが、今ここで理世から顔を背けることはしたくなかった。会話を続けたい。理世と受け答えができているのは、これが初めてと言っていい。

「俺はわかるぞ。理世が何を言っているか、ちゃんとわかる。当たり前じゃないか。長崎の訛《なま》りがあったって、同じ日の本の言葉だ」

理世は眉をハの字にして、首を左右に振った。うつむいてしまったので、将太には、白くて形のいい額しか見えなくなってしまう。

将太は、半分のかすていらが載った皿を床几に置き、地にひざまずいた。理世の顔をのぞき込む。

「もしかして、大平の屋敷で口を利いてくれなかったのは、言葉を正されてしまうからか？　長崎の訛りがあってはならんと言われたか？」

「わ、わたしは、もう長崎には帰れんけん……帰れないから、江戸の娘になるべきなんです。でも、言葉尻ば直してみても、江戸の言葉の真似ばしても、やっぱり訛りがきつくて言葉がわからんって、父さま……父上さまに言われて、恥ずかしくて……」

理世の両手は膝の上で、硬く握り締められている。四本の指で親指に爪を立てる格好になっているのに気づいて、将太はとっさに理世の手に触れた。

「こういうのはよくない。自分を傷つけては駄目だ」

将太は理世の手を開かせた。理世は抗《あらが》わず、素直に力を抜いた。

理世の手のあちこちに、すでに小さな傷がいくつもあった。三日月のような形の傷である。自分で爪を突き立てた痕《あと》だろう。

将太は一応確かめた。

「自分でやったのか？」

理世はうなずいた。

「ナクトに引っかかれた傷はないんだな？」

将太は、理世が長崎から連れてきた黒猫の名を口にした。理世はびっくりしたように目を見張った。

「あん子の名前」

「ナクトだったよな。オランダ語で、夜という意味なんだろう？」

「いっぺんしか教えとらんとに、覚えたと？」

「初めて理世が名乗ってくれたときに、一緒にナクトの名も教えてくれたよな。一度聞けば覚えるだろ？　ナクトは夜だ。黒猫らしい、いい名だと思った」

理世はちらりと笑みを見せたが、すぐにまた眉尻を下げた。

「ナクトの名前も、変えるごと言われた。大平家の飼い猫にふさわしか名前にしなさいって」

理世の小さな手は、秋の陽だまりの中でも少しひんやりとしている。将太はその手を放すことができず、かといって包み込んでやることもできないまま、何となく触れ続けている。

「あの父や母が屋敷に猫を連れ込むことを許したのが、そもそも驚きだな。厳格で、うるさい家なんだ。武家としてのしきたりも、学のある医者らしい振る舞いも、どちらも全《まっと》うしなければ許されない」

理世は唇を噛んでいる。手の甲と同じように、そこにも傷ができているのかもしれない。

将太も何となくつられて、自分の唇を舐めた。少し乾いていた。かすていらの甘い味が移ってもいた。

「なあ、理世。長崎は商人が治める町だと聞いている。理世はもともと、あまり武家に馴染みがなかったんじゃないか？　それが急に、大平家のようにあれこれとうるさい屋敷で暮らすことになってしまった。細かな決まり事が多くて、窮《きゅう》屈《くつ》だろう？」

「ばってん……でも、わたしは、できるように、ならないといけない。長崎には、帰れない。江戸で暮らしていくために、武家の……大平家の娘に、なるの」

言葉を探し、選びながら、理世は嚙み締めるように言った。

「俺は、そこまでしなくていいと思うがな。大平家のやり方がすべてじゃないし、江戸が何もかもの真ん中というわけでもない」

将太は理世の顔をのぞき込んだ。理世の荒れた唇はうっすら開いているが、言葉を紡《つむ》ぎはしない。将太は言葉を重ねた。

「俺は子供の頃、あの屋敷では何ひとつうまくできなかった。鬼子《おにご》と呼ばれていた。苦しくて、親元にいられなくなって、京に遊学に出たんだ。そうしたら、いろんなことがわかった。俺は父や母の望むとおりにはできないが、それでいいと言ってくれる人や町と、江戸の外で出会えた」

理世はうつむいた。いったん両手を引っ込め、それから、将太の掌《てのひら》に触れた。

「兄さまの手、ふとか」

理世が言う「ふとい」というのは、大きいという意味だ。京で出会った九州《きゅうしゅう》の医者や、土佐《とさ》出身の友が、そういう言い回しをしていた。

ああそうか、と将太は気がついた。

「俺は父と違って、よその言葉に耳が慣れているんだ。京にいた頃は、江戸の言葉をしゃべる者なんていなかったからな。上方《かみがた》一円の者が多かったが、同じ塾の仲間には、九州や四国《しこく》、北陸《ほくりく》、奥羽《おうう》の人がいた。京には、学びたい者が日の本じゆうから集まっていた」

理世が大きな目で将太を見つめている。きらきらした光に吸い込まれそうな心地がした。

何かを言いかけた口をつぐんで、理世は眉をひそめた。

将太は己の両手で、理世の手を包んだ。

「なあ、理世。俺の前では肩肘《かたひじ》を張るな。江戸の言葉にせよ、武家らしい振る舞いにせよ、ゆっくり覚えたらいいじゃないか。俺のことは兄上じゃなく、兄さまと呼んでくれていい。ナクトの名もそのままでいい。だから、言葉を呑み込まないでくれ。俺は理世と話がしたい」

理世は目を潤ませ、うなずいた。

それから言った。

「兄さま、お願いがあると。ほかに誰もおらんときは、おりよって呼んでほしか。武家の娘らしく、大平理世って、漢字ば当ててもらった。よか意味のある字たい。ばってん、理世って呼ばれるたびに、うちはやっぱり少し怖くて、体がすくんでしまうと」

そういえば、理世はちらちらと、将太の腰にある脇差を気にしている。長いほうの刀は門番に預けてきたが、一尺余りの短い脇差でも、慣れない理世には恐ろしいのだろう。

将太は笑ってみせた。

「わかった、おりよ。俺だけは、おまえのことを、おりよと呼ぼう」

おりよ、おりよ。将太は稽古をするように口の中で転がした。おりよと将太が繰り返すたび、理世は小さくうなずいた。

「ありがとう、兄さま」

理世が笑った。八重歯《やえば》が見え、えくぼができる。愛想笑いではなく、くしゃりとした笑い方をするのは、初めてだった。

将太は、胸がくすぐったく、苦しくなった。

大切な妹。

守ってやりたい、と思った。

第二話　悪縁

一

両国広小路《りょうごくひろこうじ》から少し南に行ったあたりに、薬研堀《やげんぼり》という、ごく短い堀がある。昔はこの付近に米蔵があり、薬研堀ももっと長くて、舟の行き来する重要な水路だったという。

今では薬研堀はその大半が埋め立てられ、あたりには町屋がひしめいている。踊りなどを生業《なりわい》とする芸者や、看板を掲げることのない闇医者なんかが多く住んでいるとも聞く。

勇実が薬研堀を訪れるときは、もっぱら、つき屋という煮売屋《にうりや》に赴《おもむ》くのが目的だ。頬にねじれた傷のある、強面《こわもて》ながら男前の親父は、思いがけないほど細やかな味わいの料理を出すというので評判がよい。

十月四日、初亥《はつい》の日の夕刻に、勇実は一人でつき屋の暖簾《のれん》をくぐった。

親父の昭兵衛《あきべえ》が、煮炊きの湯気の向こうから、「いらっしゃい」とそっけなく言った。

三つある床几はすでに埋まっている。お菜《さい》を買って帰ろうという女たちに、看板息子の元助《もとすけ》が愛想よく応じていた。

いちばん奥の床几から、小柄で浅黒い肌の色男がひょいと立った。いかにも親しげに、勇実のほうへ手を振ってみせる。

「やはりそうだったか」

勇実は独《ひと》り言《ご》ちて、奥の床几へ向かった。

手酌《てじゃく》の酒を呷《あお》った男、次郎吉《じろきち》は、隣に腰掛けた勇実に、にんまりと笑ってみせた。

「それで？　こたびはどんな厄介事に巻き込まれてるんだ？」

職人風のいでたちをした次郎吉は、裏の顔を持っている。鼠小僧《ねずみこぞう》という通り名で知られる盗人《ぬすっと》なのだ。

鼠小僧は今や、巷《ちまた》で知らぬ者はいない。日に日に人気が高まっていると言ってもよいくらいだ。

盗人とはいえ、鼠小僧は普通の盗みを働かない。鼠小僧が狙うのは、あくどいやり口で利を得ている大金持ちばかりだ。

しかも、金目のものをごっそり奪うついでに、その屋敷や大店《おおだな》の主《あるじ》がどんないかさまや悪事をやらかしていたのか、しっかり書き残していく。

あまつさえ、読売屋《よみうりや》に自分の仕事ぶりを知らせて回ってもいるらしい。鼠小僧が盗みに入った翌日には、標的となった大金持ちの不正が読売によって江戸じゅうに広まっている、という寸法である。

勇実はすでに二度、鼠小僧の「仕事」に立ち会ってしまっている。どちらもまったくの偶然だったのだが、次郎吉はそう思っていないらしい。

いや、偶然であったことを認めた上で、そんな偶然をほいほいと引き寄せてしまう勇実に目をつけた、と言うべきだろうか。

何にせよ、次郎吉はちょくちょく勇実の前に姿を現すようになっているのだ。

腹を満たせるものを適当に見繕《みつくろ》ってほしい、と元助に頼んだ勇実は、ご機嫌そうな次郎吉に小声でこぼした。

「困りますよ。筆子たちを伝言役に使って呼び出すのはよしてください」

「手前はあの嵐の晩に勇実先生と菊香姐《ねえ》さんの世話になった者で怪しいやつじゃねえ、と名乗ったのがまずかったかい？」

「ええ、確かにまずい言い方ですね。どうしてあの晩に私と菊香さんが一緒にいたのかと、聡《さと》い筆子たちにつつき回されて、ひどい目に遭いました。ですが、私が言いたいのはそうではなくて……」

鼠小僧は義心《ぎしん》ある盗人であると、いかに世間で持てはやされていても、盗人は盗人だ。裁かれるべき罪を犯していることに違いはない。

次郎吉の罪を知りながら黙っていることが、勇実には後ろめたい。筆子たちの前ではなおさら、それを感じてしまう。

勇実の胸中《きょうちゅう》を察しているのかいないのか、次郎吉はいたずらっぽく、にやりとした。

「そんなふうにくそまじめな顔をしてみせてもさ、あんた、菊香姐さんと噂になるのはまんざらでもねえんだろ？」

勇実は額を押さえた。

「だから、私が引っ掛かっているのは、そういうことではなくてですね」

「手前が盗むのは、悪人がしこたま蓄えた金と罪だけさ。大事な友達から、惚れた女を盗むような真似はしねえよ。安心しな」

「やめてください。友達って……いや、もういいです。それは置いておくとしても、やはり菊香さんに申し訳ない。縁談を探しているところのはずなんですよ。私などとの噂が立っては、ますます難しい立場になってしまうでしょう」

次郎吉は上目遣いで勇実を見やると、茶碗酒をがぶりと口に含んだ。

「菊香姐さんってさ、二度も縁談が駄目になったいわくつきの女ってんで、同じくらいの家格《かかく》の旗本の間で噂が広まってるんだな」

「そうなんですか？」

「そうなんですよ。ま、男の言い分におもしろおかしい尾ひれがついちまってるってところだな。菊香姐さんとの縁談を反故にしたんで難を逃れたが、そうでなけりゃ、難を被《こうむ》ってたのは男のほうだった、とね。そういう怪談じみた話になってんだ」

勇実は眉間に皺を寄せた。

「縁談の件は、どちらも菊香さんに非はなかった。いわくつきだの何だのと、振られた男の言いがかりです」

「知ってる知ってる。ちなみに、菊香姐さんの最初の許婚《いいなずけ》、よそに女を囲ってるだの、内儀《ないぎ》さんが浮気しただの、腹の子の親が誰かわからねえだの、あれこれ大変そうだぜ。菊香姐さんは、あんなしょうもない男から逃げることができて幸いだった」

「そんなことまで調べたんですか」

「調べたってほど手の込んだことはしてねえよ。お侍も案外、口が軽いもんだな。酔って気分がよくなると、何でもしゃべってくれるんだから」

元助が勇実のぶんの酒と茶と夕餉を持ってきた。勇実はあまり酒が強くない。それを元助もわかっているから、飲むより食べるほうが中心の盆である。

「話の邪魔をしちゃいけないでしょ？　冷めるかもしれないけど、急須《きゅうす》のお茶も置いとく。ゆっくりしてってね」

そう言って、元助は離れていった。

次郎吉は改めて、勇実に問うた。笑顔のようでいて、目はもう笑っていない。

「なあ、勇実先生よ。先月半ば頃から、屋敷のまわりを目明かしや下っ引きが見張ってるだろ。筆子や幼い門下生の送り迎えも、大人の男たちが担《にな》ってる。ずいぶん手厚いじゃねえか。何事なんだ？」

勇実はお猪口《ちょこ》の酒を舌の上に転がした。甘く、焼けつくような舌ざわりだ。思わず顔をしかめながら、酒を呑み下す。

だんまりを決め込む勇実に、次郎吉は畳みかけた。

「手前が筆子の坊主《ぼうず》どもの前で菊香姐さんの名前を出すことになったのも、嵐の晩に世話になったって話まで持ち出す羽目になったのも、疑いを晴らすために仕方がなかったからさ。坊主どもはなかなかどうして鋭いじゃねえか。手前みてぇな男が勇実先生と親しくしてるって話、頭からは信じなかった」

「箱根で知り合ったと説明すれば、与一郎先生が確かめに出てくれたはずですが」

「嫌だよ。あのおっさんはおっかねえ」

勇実は酒のためにいくぶん熱を持ったため息をついた。

「知らない人には気をつけるよう、筆子たちには固く言い渡してあるんです。それが私や龍治さんたちの身を守ることになるから、どうか皆の力を貸してほしい、と」

「信用できる大人の男にそういう頼み方をされりゃ、やんちゃ坊主どもも張り切って、いい子にしていてくれるというわけだ。うまいねえ、あんたは」

勇実はかぶりを振った。勇実が方便を使っていることくらい、筆子たちもお見通しだろう。

こたびの件に関して筆子たちが勇実に従ってくれているのは、先々月に大人の度肝を抜く探索を決行してのけた上で、一丁やってやるかと仲間内で話がまとまったからだ。そこに大人の入る余地はない。どんなにうまい言い回しをしてみたところで、大人が子供を自在に操ることなどできない。

勇実は次郎吉に言った。

「わざわざ私にあれこれ尋ねずとも、次郎吉さんはすべて嗅ぎつけているんでしょう？」

「やっぱり、火牛党の件かい」

「ほら、知ってるじゃないですか」

「すべてわかってるとは言わねえよ。北町奉行所の同心、岡達の旦那が、壊滅間近の火牛党の落《お》ち武者《むしゃ》狩りを始めたらしいな。火牛党を操っている悪党が奉行所にいるってぇ噂だが、本当か？」

勇実は思案を巡らせた。盗人の次郎吉に話してよいものだろうかと迷ったのだ。

次郎吉はにやりとして言った。

「取り引きってことにしようか？　火牛党って連中はなかなかのもんだ。まだすべてをつかんじゃあいないが、獲物として十分おもしろい。だからさ、奉行所やあんたらにできねえやり方で、手前が裏側から火牛党をぶっ壊してやるよ。な、力を出し合おうぜ」

勇実の頭に浮かんだのは、二月ほど前、浅草で筆子たちが火牛党の下っ端に絡まれたときの情景だ。自分自身が刀を向けられることよりも、はるかに怖かった。途方もない怒りも湧いた。

まず守るべきは、筆子たちの身だ。岡本が火牛党や赤沢との対決に燃えている今、すでにこの件に関わり合いとなっている筆子たちが、勇実たちの弱点となりかねない。何をさておいても、勇実は筆子たちの身を守りたいのだ。

だからこそ、こんな危うい事態が長丁場になってもらっては困る。さっさと片をつけるためには、どんな手でも打つべきではないのか。

勇実は口を開いた。

「赤沢勘十郎という同心が、かつて火牛党の元締めだった男、牛太郎の父親なんだそうです。牛太郎は去年十月の赤座屋騒動で死にました。この騒動を収めたのが岡本さまです」

「それで、悪徳同心赤沢は岡達の旦那を逆恨みしてるってか。赤座屋騒動とやらは、手前が江戸を離れてた頃のことなんでよく知らねえんだが、勇実先生たちも絡みがあるのかい？」

「知人の養い子が牛太郎を殺《あや》めた下手人《げしゅにん》で、私たちもいろいろあって、その養い子の最期に立ち会ったので」

「ほう、知人ねえ。養い子ってのの名前は？　調べりゃわかることだが、手間を省きたいんだよ。一から話してもらえるかねえ？　長くなっても、話の腰を折らずに、しまいまで聞くからさ」

勇実はつい目を泳がせた。おえんのことを一から話せば、次郎吉はきっとおもしろがってからかってくるだろう。

「話してもかまいませんが、その前に一つ。実はもう一件、火牛党とは妙な縁がありそうなんです。私としては、こちらの線について、もっと知りたいんですが」

「どんな線なんだ？」

「尾花琢馬《おばなたくま》さん、という名を出して、誰のことかわかりますか？」

次郎吉はすらすらと答えた。

「勘定所《かんじょうしょ》勤めの男前だ。年は三十。抜け目のない男で、勘定奉行である遠山左衛門尉《とおやまさえもんのじょう》の子飼いだな。もとは浅草の遊び人で、箱根の胡蝶屋《こちょうや》の燕助《えんすけ》といい仲だったんだろ。その尾花の旦那がどうしたって？」

「かつて琢馬さんの兄上も、赤座屋騒動が起こった浅草新鳥越町のあたりで、謎の死を遂《と》げたんだそうです。その当時、火牛党は殺しの肩代わりもおこなっていました。もしかすると兄上も、と琢馬さんも考えていて、いろいろ調べているみたいです」

次郎吉の目が鋭く光った。

「手前に伝えるってことは、あんたも十中八九そうだと思ってるからなんだろ？」

勇実は小さくうなずいた。

「ただ、証《あかし》がありません」

「こいつが下手人でございい、なんていう証のある殺しのほうが珍しいってんだよ。死体のそばに下手人の手形や血判《けつぱん》が残されてたとしても、その手の主をぴたりと探し当てるのは至難の業《わざ》だ。尾花の旦那の兄貴が殺されたのは何年前だって？」

「もう四年ほどになると思います」

「下手人が自ら吐くんでなけりゃ、誰がやったか探すのは難しいだろうな。でも、火牛党のしわざだってんなら、光明《こうみよう》はある」

「本当ですか？　どうやるんです？」

「吐かせりゃいいんだよ。追い詰めてやるのさ。ま、手前が連中を絞め上げてやる。だから勇実先生はさ、知ってることは何でもいいから、しゃべれるだけしゃべってくれよ。ああ、そうだ。まずは、赤座屋騒動の日付だ。去年の十月の何日だった？」

勇実は眉をひそめた。

「確か十三日だったはずですが。しかし、なぜそんなことを？」

次郎吉は茶碗酒を呷ると、にいっと笑った。

「悪党ってのは、案外、命日を大事にするもんだ。その日その場所に行きゃあ、連中の顔を拝めるんじゃないかと思ってな」

歌うような調子の低い声で、次郎吉はささやいた。

かなりの酒量になるはずだが、少しも酔いは回っていないらしかった。

「次郎吉さん、一人で行くつもりですか？」

「お友達をぞろぞろと引き連れていけるもんかよ。仲間を増やせば増やすほど、どこかから話が漏れる見込みも増えるしな」

「しかし」

「勇実先生、あんた、目が悪いだろ。特に夜目《よめ》が利かない。それに、何だろうな、あんたは妙に人目を惹く。気配が消せない。そんなんじゃあ立派な盗人になれないぜ」

「盗人になどなりたくはありませんが、私では足を引っ張りますか」

「邪魔だよ。人にはそれぞれ役割ってもんがある。自分の関わってる厄介事のすべてを逐一《ちくいち》見ておきたいってぇ気持ちもわかるが、ここは手前に任せておきな。闇夜の探索は鼠小僧さまの領分だ」

「……わかりました」

次郎吉は、勇実のほうに身を乗り出した。

「それじゃあさ、尾花の旦那に会わせてくれよ。いや、手前は話さなくていいんだ。尾花の旦那に関しては、まだ噂を集めただけなんでね。その人となりをこの目で確かめておきたいのさ」

「私と琢馬さんが話をするところに、次郎吉さんを同席させればいいということですね。でも、妙な振る舞いをしたら、すぐに勘づかれますよ」

「人を化《ば》かすのは得意さ。いつ、どこで会える?」

勇実は、袂《たもと》に入れっぱなしにしていた手紙を取り出した。ちょうど今日の昼頃に、尾花家の下男が届けに来たのだ。

「五日後です。琢馬さんから、おもしろい話を聴きに行かないかと誘われました。浜町《はまちょう》にある山形藩《やまがたはん》の中屋敷《なかやしき》で、刀にまつわる講義がおこなわれるそうで」

次郎吉はざっと手紙の文面を見やると、五日後に浜町ね、とつぶやいた。

二

水心子正秀《すいしんしまさひで》という刀工がいる。すでに七十を超えた老爺《ろうや》だが、実に矍鑠《かくしやく》としたものだ。一線を退《しりぞ》いてはいるものの、今でも水心子を慕う弟子が大勢いる。

刀工とはいえ、水心子は、ただ刀を打つだけの職人ではない。折れず曲がらず、なおかつ美しさを備えた刀を追究し、古刀《ことう》にその答えを求めて試行錯誤を重ねる学者でもある。

戦国の世が終わり、江戸に幕府が建つと、日の本では戦《いくさ》らしい戦が起こらなくなった。それに伴い、刀というものの持つ意味は、実用の武器から武士の身なりを整えるためのものへと変わっていった。切れ味のほどが問われなくなったのである。

しかし、職人とは、よきものを追究したいと渇望《かつぼう》するものだ。水心子は、世に出回っている刀のなまくらぶりに落胆し憤慨《ふんがい》して、一念発起《いちねんほっき》した。刀というものに関する学びを深めるべきだとして、他の刀工とは一線を画《かく》す探究を始めたのだ。

ありふれた刀工であれば、その探究によって得た成果を己《おのれ》の門人のみに伝え、他門に対しては徹底して秘するものだろう。

しかし、水心子は違った。強く美しい刀を打ちたいと求める者ならば、誰であっても受け入れる。己の探究の結果を逐一書物に著《あらわ》し、講義で広く聴かせもする。

そうこうするうち、日の本じゅうから水心子の工房に弟子が集まるようになった。その鍛冶場《かじば》兼学校というのが、浜町にある山形藩の中屋敷の敷地内に置かれている。

勇実が浜町屋敷の鍛冶場を訪れるのは、これで二度目である。

一度目は去年の八月、筆子である乙黒鞆千代やその兄の付き添いで、短刀の鑑定のために赴いた。乙黒家の蔵から、いかにも由緒《ゆいしょ》のありそうな短刀が出てきた。鞘書《さやが》きや茎《なかご》の銘《めい》が本物ならば、左文字《さもんじ》の短刀である。大名道具級の値打ちものだ。

あのときは、刀好きな龍治の友人で、江戸詰めの山形藩士の嫡男《ちゃくなん》である三輪《みわ》創平《そうへい》に仲立ちを頼んで、鍛冶場へ案内してもらった。

そこで水心子や大慶直胤《たいけいなおたね》を筆頭とする当代の名工たちと顔を合わせたのだが、刀に疎《うと》い勇実がその価値を知ったのは、後日きちんと調べてからのことだった。矢島道場の面々から、たいそう驚かれ、うらやましがられたものだ。

こたび浜町屋敷の鍛冶場へ赴くのは、琢馬からの誘いがあったためだった。

「ちょっと伝手がありまして、おもしろい話を聴けそうなのでね。勇実さん、一緒にどうです？」

手紙を寄越した翌日に、琢馬自身が白瀧家を訪れて、事情を話しに来た。

刀好きの龍治はともかく、自分が刀剣の話など聴いてわかるものだろうかと問うてみたら、唐土《もろこし》の歴史の話が出ますよと言われた。それで、勇実も行くと即答した次第だ。

ついでに、箱根で出会った友を一人連れていきたいと伝えた。どうもこたびの講義は、きちんとした招きがなければ聴けないようなのだ。

琢馬は別段疑いもせず、かまいませんよ、と応じた。

その同じ日に、琢馬が帰った後になって、ふらりと次郎吉が勇実を訪ねてきた。琢馬とのやりとりを伝えると、次郎吉は、お節介だねえと笑った。

「でも、ま、ありがとよ。招かれた客のお付きの者ってんなら、やりやすいね。水心子の鍛冶場はたびたび変なやつに狙われるようで、まったくの紹介なしじゃあ入れないいんだ」

「去年の初夏には小火騒《ぼや》ぎがあったと聞きました。他の刀鍛冶から縄張りを侵《おか》したと睨《にら》まれることもあれば、金物や薬液の分離の技に秀でているというので蘭学《らんがく》者《しゃ》からねたまれることもあるそうで」

「出た杭を打ちたがるやつは、どこにでもいるってことだねえ」

ひととおりのことを確かめると、次郎吉は煙のようにいなくなった。時とところを問わず、勇実が一人でいれば不意に現れ、そして消えるのである。


その日はどんよりとした曇り空だった。

勇実と龍治と次郎吉は浜町屋敷の鍛冶場門で名と身分を告げた。名簿の照会を経て刀を預け、中に通される。

龍治は、次郎吉が同行することを初めに告げたときは、さすがに顔をしかめた。しかし「火牛党の件で」と手短に話すと、一応納得したようだった。

水心子の工房は、池のある庭を真ん中に、鍛冶場の棟《むね》、刀装工房の棟、講堂の棟が建っている。奥のほうには大小の蔵も並んでいる。刀の材料となる玉鋼《たまはがね》や炉にくべる木炭、あるいは折れた刀などが収めてあるらしい。

江戸詰めの山形藩士らしき若者の案内で、勇実たちは講堂に向かった。前に来たときよりも、今日は行き交う職人の数が少ない。

「お忍びでお偉いさんが来られるというので、人払いをしてあるんですよ。何かおかしなことを感じたら、すぐ私どもを呼んでくださいね」

案内人は勇実たちにそう説明した。

講義がおこなわれる広間に通されると、上座《かみざ》にはすでに、こぎれいな格好をした水心子と六十前後とおぼしき武士の姿があった。

武士は気楽な着流しである。しかし、一見してただ者ではないと感じられた。風格とでもいうのだろうか。たたずまいが違う。がっしりと固太りした体軀《たいく》のためもあって、黙って座っているだけでも迫力がある。

龍治が勇実に耳打ちした。

「お偉いさんが来てるっていうのは、あの人のことだろうな」

「きっとそうだな」

「何者だろう？　お城勤めのお偉いさんかな」

「さあ？」

上座で差し向かいになった水心子とその男の間に、一振《ひとふ》りの刀が置かれている。水心子がその男に刀談義を披露するのを、勇実たちが下座《しもざ》で聴く。今日はそういう趣向らしい。

下座といっても、きちんとした身なりの武士であるとか、裕福そうな商家の旦那であるとか、いっそ仰々《ぎょうぎょう》しいくらいの面々が雁首《がんくび》を揃えている。

「私たちは場違いだな」

勇実は思わずこぼした。龍治が黙ってうなずいた。次郎吉は下男のふりをすることに決めたようで、勇実にぴったりくっついて荷まで持ち、顔を上げずにいる。

やがて水心子が口を開いた。

「さて、そろそろお話を始めてまいりましょう」

水心子はいかにも威風堂々としていた。かつて顔を合わせて話したときとは印象が違う。

あのときは、千紘や幼い鞠千代がいたからだろうか。水心子は好々爺《こうこうや》といった風情《ふぜい》で、気さくで優しかった。刀の見どころを語るときには、まるで子供のように目を輝かせていた。

好《す》いた物事をとことんまで深く探究しようとする水心子の志《こころざし》の熱さに、勇実は感服したものだった。学ぶことが好きな人は、いくつになっても老いないものだ、とも思った。

「ここなるは、清国《しんこく》渡りの曲刀《きょくとう》にございますな。日の本の刀においては古今東西の名物《めいぶつ》を取り揃え、逐一丹念に調べたものでありますが、しかし海の向こうで産《さん》せられた鋼とあっては、触《ふ》れたためしもございませんでした」

水心子は、相対《あいたい》した男に向かって、朗々《ろうろう》たる声で語りかけた。相手のほうは黙ってうなずいた。

取り澄ました顔で続けようとしたようだが、水心子は失敗した。唾が飛ばぬよう口元を覆うと、感極まった様子で曲刀に顔を近づける。

「日の本の刀は美しい。しかし、唐土の刀よ、おまえの鋼の輝きも実に愛くるしいものだ！」

水心子は曲刀に見入ってしまい、言葉が続かなくなった。

清国の曲刀の登場に、下座の面々もひそやかにどよめいていた。龍治も身を乗り出したり伸び上がったりしている。

勇実はいくらか目が弱い。水心子の手にある曲刀に目を凝らす。細部まではとてもわからないが、あの形の曲刀は漢籍《かんせき》の挿絵《さしえ》で見慣れている。

「数ある唐土の武器の中でも、柳葉刀《りゅうようとう》と呼ばれるものだな。日の本の刀は両手持ちで、柄《つか》が長めに作られているが、唐土の柳葉刀は片手持ちだ」

勇実がささやくと、龍治はうなずいた。

「唐土の短兵《たんぺい》、つまり柄の短い武器の中でも、柳葉刀はいちばん広まってるものなんだろ？　軍においては、兵の一人ひとりがあれを腰に差してるわけだ」

「洋の東西を問わず、ああいった形の刀剣が人の身近に必ずあるものらしい。まあ、主に刺突《しとつ》に使うか斬るためのものか、といった使い方の違いは、その土地土地でいろいろとありそうだが」

「水心子先生の手にある柳葉刀は、身幅《みはば》も広いし重ねも厚い。あれはぶった切るための武器だよな。突き技にはまるで向かない」

「唐土の刀剣で刺突の戦術に用いられるのは、反りのない剣じゃないかな。両刃《もろは》の直剣《ちょっけん》の絵は、漢籍で見掛けるぞ」

「なるほど。でも、俺にとって唐土の武器と言えば、やっぱり『三国志演義《さんごくしえんぎ》』で関羽《かんう》や張飛《ちょうひ》が扱う長兵《ちょうへい》のほうがぴんとくるなあ。柄が長くて間合いが遠い武器」

「三国時代の大きな戦では、豪快に敵をなぎ倒す長兵の大刀《だいとう》、日の本の薙刀《なぎなた》のような武器を振り回すのが絵になるということだ。時代が下《くだ》って、宋《そう》の頃を舞台に世直しの英傑《えいけつ》たちを描いた『水滸伝《すいこでん》』では、狭いところで短兵を振るう場面も少なくない」

「ああ、飛び道具や双刀《そうとう》なんかも出てくる。唐土の英雄物語ではいろんな武器が登場するから、そこがわくわくするよな」

咳払いをするのが聞こえた。水心子である。ようやく我に返ったようで、二、三度咳払いをして声の調子を整えると、講義を再開した。

「日の本の刀と清国の曲刀では、材である鋼の用い方に違いがございます。まず日の本の刀では、心鉄《しんがね》と皮鉄《かわがね》という、硬さの違う二種の鋼を組み合わせて、一振りの刀を打つのです」

上座の男が初めて口を開いた。

「硬さが違う鋼とは？」

ずしりと腹に響く声だ。

「はい、鋼とは、鉄と炭をともに熱し、熔《と》かし合わせて作るものです。詳しい手順については省きますが、鉄を多く含む鋼は軟らかく、炭を多く含む鋼は硬くなるものです」

「刀を作るのに、どちらの鋼が優《すぐ》れておる？」

「どちらも優れております。軟らかい鋼は折れにくく、硬い鋼は曲がりにくい。ゆえに二種の鋼を組み合わせるのです。心鉄には軟らかい鋼を、皮鉄には硬い鋼を用いる。こうすることによって、折れず曲がらぬ刀をこしらえるのです。それが日の本の刀の特徴の一つでございます」

ほう、と感心の声を上げる者もいれば、そんなことは当たり前だとばかりにうなずく者もいる。

上座の男は水心子に続きを促した。

「では、清国の刀はどうなのだ？」

「先に頂戴しておりました、折れた柳葉刀を検分しましたところ、日の本の刀とは逆ですな。硬い鋼を芯として、その上に軟らかい鋼を重ねた造りになっております」

「その違いがあるのは、なぜであろうか」

「愚考しますに、職人にとって扱いやすいからでございましょう。刀を鍛えるにも研《と》ぐにも、軟らかい鋼を外にしたほうが、たやすく形を整えられます。少ない手間、拙《つたな》い技でも、きれいな刀を作ることができるのです」

水心子は一息入れ、続けた。

「しかし、私めはそれでは満足できませんな。刀は、ただ見た目がきれいなだけの道具ではございません。刀が戦場で持ち主の命を守るためには、多少振るっても欠けることのない強い刃を備えていなければなりますまい」

勇実の耳元で、そっと苦笑する気配があった。

「今の世のどこに、そんな命懸けの戦場があるというのでしょうかね」

麝香《じゃこう》の匂いがふわりと漂う。

勇実は振り向いた。

「琢馬さん。いつの間に、そこにいたんです？」

勇実が目を見張ると、琢馬はいたずらっ子のように、顔をくしゃくしゃにして笑った。

龍治はこっそりと上座の男を指差した。

「あの人、何者なんだ？」

琢馬はちらりと次郎吉を見やり、扇子を懐から出して広げた。勇実と龍治の肩を引き寄せて扇子の内側に二人の耳を招き入れると、外に漏れない声音で告げた。

「私の上役です」

つまり、勘定奉行の遠山左衛門尉景晋である。

勇実は琢馬から勘定所への引き抜きの話を聞かされて以来、たびたび遠山の名を耳にしている。

遠山は、もとは昌平坂学問所の秀才として知られていた。役人として登用されると、蝦夷地や対馬へ遣わされたり、長崎に来航したロシアの役人との対談をこなしたりと、主に異国と関わる仕事を任された。

その功績を買われて長崎奉行に抜擢され、ここでも能吏として鳴らした。江戸に戻ってからは作事奉行を経て、今は勘定奉行として辣腕を振るっている。

何となく、勇実の中でつじつまが合った。

「長崎奉行であれば、清国渡りのものも手に入るでしょう。あの柳葉刀は、遠山さまが水心子先生に贈ったものということですか」

「ええ。遠山さまも学問全般に多大な関心をお持ちですから、この鍛冶場のありようにも、もともと興味津々《しんしん》でね。あるとき、折れた柳葉刀でも鋼の道の探究に役立つだろうか、という口実で、水心子先生に刀と手紙を送ったのです」

「それは水心子先生にとっても嬉しいことだったでしょう」

「そのようです。水心子先生は、折れた刀をもとに、おもしろい考察を著されたんですよ。それをご覧になった遠山さまが、あの見事な柳葉刀を水心子先生に贈るつもりになった。さらに、じかに会って講義を聴いてみたい、ということになりまして」

「その貴重な席にお邪魔して話を聞かせてもらえるとは、たいへんありがたい」

「こんなに見物人が増えるとは思いませんでしたがね。誰が広めたものやら、遠山さまの柳葉刀の噂を聞きつけた人々が、自分もぜひ一目見たい、講義を聴きたいと言い出したようで。まいりますよね。顔を知らない者だらけだ」

「お忍びとはいえ、琢馬さんも気が抜けないでしょう。警固《けいご》は十分なんですか？」

「ええ。山形藩にも力を貸してもらって、浜町屋敷の中はきちんと固めてありま す。まあ、たまにこういうこともあるんですよ。遠山さまはふらりと出掛けたがるお人ですから」

琢馬は、困ったものだと言わんばかりに、苦笑して頭を振った。お忍びとはいうものの、琢馬のほうはきっちりとした羽織袴《はおりはかま》姿である。

「付き人は琢馬さんひとり？　さすがにそれはありませんよね」

「もう一人いますよ。遠山さまの奥の壁際に控えている男、あれが勘定所の役人です。茅場六之進《かやばろくのしん》といって、近頃、支配勘定《しはいかんじょう》に任じられたばかり。もともと見習いとして勘定所に出仕《しゅっし》していたので、顔見知りではあったんですがね」

琢馬が扇子を向けた先に、年の頃三十ほどの痩せぎすの男が立っている。気を張り詰めているせいだろうか。遠目にも顔色が優《すぐ》れないのが見て取れた。

龍治は遠慮なく言った。

「ずいぶん調子が悪そうだな。あんなんで、いざというときに対応しきれるのか？」

「私もいますから、どうにかしますよ。茅場どのは支配勘定に任じられたのと同じ頃に奥方を娶《めと》ったらしいんです。げっそりするようになったのもその頃から。そのわけが勤めのせいか、奥方のせいか、両方なのか、つついても吐いてくれません」

「出世して祝言も挙げたんなら、いくら仕事がきつくても、ほくほくしてそうなもんだが」

「龍治さんとは違って、望ましい相手との祝言ではないからでしょうね」

琢馬がまぜっかえすと、龍治は肘で琢馬の脇腹をつついた。

「俺のことはどうでもいいだろ」

「よくありません。気になるじゃないですか。そもそも、武士というのは悲しいもので、好き合った相手と一緒になれることなんてめったにない。茅場どのもそうなんですよ。勘定所の近くにある茶屋の娘と恋仲だったようなんですが、結局あのありさまです」

「不器用な人なんだな。同じ武士とはいえ、役人勤めができるような人は、もっとうまいこと万事割り切ってるもんだと思ってた」

「私のように?」

「琢馬さんは食わせ者だからな」

ちょうどそのとき、茅場が目を上げてこちらを見た。

勇実と茅場の目が合った。

いや、合ってはいない。茅場のまなざしの先にあるのは、琢馬の姿だけだ。琢馬は見つめ返すこともなく、水心子の手元にある曲刀を眺めている。

茅場の顔つきに、勇実はどことなく不安を覚えた。

なぜ、と確かなことは言えないが、じっとりと胸に暗いものが染みていく感じがした。

遠山は上座で水心子に問いを投げかける。水心子は何を問われても、よどみなく答えている。下座の者たちは皆、二人のやり取りに聞き入っている。

琢馬は扇子を開いて口元を隠し、その内側で勇実に耳打ちした。

「話がひと区切りするまでここにいさせてください。実は、遠山さまが勇実さんの顔を見たいとおっしゃるのでね。私が目印なんですよ」

「私の顔などご覧になって、どうなさりたいのでしょう？」

「今日のところは、互いに顔を覚えるだけですよ。本当はね、お忍びのついでに、気楽な店で酒を飲みながら話ができたらよかったんですが……」

琢馬は何となく言葉尻を濁《にご》した。

忙しくて都合がつかない、とでも続けたかったのだろうか。あるいは、警戒しているのだろうか。

勇実は上座にまなざしを戻した。

琢馬が扇子で緩やかに風を起こした。風は、麝香の匂いがした。

三

刀剣談義が終わる頃合いになると、琢馬は講堂からすっと退《ひ》いていった。

遠山と水心子が座を立つのに合わせて、下座の面々には茶と菓子が振る舞われた。めいめいに話をしながら、客は菓子に舌鼓《したつづみ》を打った。

あまり見慣れない菓子だった。ざわざわと波紋が広がるように、菓子の正体についての話が流れてきた。

どうやら、今日のために特別に作られた唐菓子《とうがし》らしい。

麦の粉に水と砂糖と胡麻油を加えて練り、ひねって形を整え、油でからりと揚げた菓子だ。硬い歯ざわりと香ばしい風味は、焼いた煎餅《せんべい》などともまるで違っておもしろい。

勇実も唐菓子に舌鼓を打った。

「長崎には、オランダ渡りのものだけじゃなく、唐物《からもの》もごまんとあふれているらしいな」

龍治は油のついた指をなめた。

「勇実さんは唐物好きだもんな。一度は行ってみたいだろ、長崎」

「そうだな。海の向こうまでとはとても言えないが、長崎には行ってみたいものだ。珍しい船や建物、料理や着物、それから異国人たちの祭りも、長崎の町では見られるらしいから」

　次郎吉が目を丸くした。

「出不精《でぶしょう》の勇実先生が、これまた珍しいことを言うねえ。箱根では、一生に一度の箱根詣《もう》でだ、みたいなことを言って、やぐら屋の女狐《めぎつね》に笑われてただろう？」

「あの席に次郎吉さんはいなかったように思いますが」

「鼠はどこにでも潜り込むんだよ」

　そのとき、勇実はふと気がついた。扇子が落ちていたのだ。

　扇子を拾い、開いてみた。ごく淡い紫色の絹に、白い蝶《ちょう》が描かれている。ふわりと麝香が匂った。

　横から龍治が口を挟んだ。

「琢馬さんのだよな」

「ああ。さっき、口元を隠すのに使っていた。涼しい風が恋しい季節でもないから、うっかり忘れていったんだろう」

「もう帰っちまったかな？」

「どうだろう。追いかけてみるか？」

勇実が言うと、龍治と次郎吉は身軽に立ち上がった。

講堂を出て適当な者をつかまえて訊いてみたところ、遠山や琢馬たちは今しがた門を出たという。

「駕籠が来るのが遅れまして、本当につい今しがたですよ。すぐ追いつけるのではありませんかね」

山形藩士らしき男は、駕籠が走っていったほうを指差した。浜町屋敷の垣根に沿っていくらか行った後、東へ向かったらしい。

次郎吉が首をかしげた。

「東だって？　どこに行くつもりなんだ？」

龍治はいい加減な答えを返した。

「お忍びのついでに深川《ふかがわ》の料理茶屋にでも足を延ばすんじゃないのか？」

勇実は首をかしげた。

「それなら、琢馬さんが私たちにも声を掛けてくれそうなものだ」

「あ、そうか。遠山さまは勇実さんと話したがってるんだっけ」

次郎吉の目に妙な光が宿っている。盗人鼠小僧の鼻が何かを嗅ぎつけたらしい。

「こいつはにおうぞ。なあ、勘定所では、尾花の旦那の兄貴みたいな人死にが出るくらいの、ひでえ勢力争いが絶えねえんだろ？　見知らぬ者を大勢招くことになった講堂のほうは、山形藩の協力を得て警固してあったんだよな？　帰り道は、ただの駕籠に付き人ふたりで、本当に大丈夫かい？」

「まさか、と思いたいところですが」

次郎吉は、宙に切絵図《きりえず》が浮かんでいるかのように、次々と指差しながら早口で言った。

「浜町のここから見て、あの人らの仕事場である勘定所は西だ。お城の表御殿にあるからな。で、遠山の旦那の屋敷は芝《しば》の愛宕下三斎小路《あたごしたさんさいこうじ》に本宅があって、そこに向かうなら南。下屋敷《しもやしき》は大久保四丁町《おおくぼよちょうまち》ってことで、お城を挟んではるかに西だね」

「なぜそんなことを知っているんですか？」

「調べたからに決まってんだろ。ついでに言やあ、尾花の旦那は内神田《うちかんだ》住まいだから、ここより北北西だ。なのに、どうして駕籠が東に向かう？　ここより東にあるのは、鼠小僧が大好物のどでかい武家屋敷ばっかりだ」

「武家屋敷が大好物？」

「どでかい武家屋敷、だ。広いわりに人手が少なくて警固が手薄なんだよ。町人は恐ろしがって近寄りたがらねえし、武士はたいてい金に困っていて、十分な数の家臣を抱えられずにいる。悪いことをたくらむやつにとっちゃあ、どでかい武家屋敷の立ち並ぶあたりは穴場なのさ。遠山の旦那はそういう場所に連れていかれたかもしれねえんだよ！」

言うが早いか、次郎吉は駆け出した。

勇実と龍治は顔を見合わせ、すぐに次郎吉を追った。

暮れ六《む》つ（午後六時頃）の鐘が鳴った。どんよりと曇っているせいもあって、闇が迫っている。

左右に立ち並ぶ武家屋敷は垣根が高い。それがまた、視界を狭《せば》めている。

次郎吉の言うとおり、この刻限だというのに、あたりは妙に閑散としている。

町人地であれば、店を閉めたり出職《でしょく》が仕事先から戻ってきたり、という頃合いで、あちこちにぎやかなはずだ。

しかし、この界隈では、勤め帰りの者とも出会わない。たまに門番に睨まれるほかは、人の気配が垣根の向こう側にあって遠い。夕餉の支度をする匂いさえ漂ってこない。

勇実は目を細めた。この暗さになると目が利かない。

一方、次郎吉は素早く左右の様子を確かめながら、迷いのない足取りで駆けていく。

「このへんの土地勘があるんだな」

龍治の言葉に、次郎吉はうなずいた。

「言ったじゃねえか。詳しいぜ。駕籠ごとどこかの門の中に連れ込まれてたらおしまいだが、そうでないんなら、人目が届かねえ路地にはいくつか心当たりがある。まったく、鼠小僧の技をじかに拝めることなんざ、めったにないぞ。ありがたく思いな！」

なぜこんなに焦ってしまうのだろうか。大げさに心配しすぎているのではないだろうか。

勇実は己の胸の内をなだめようとした。

だが、何かを感じ取っているのは勇実ひとりではない。戦闘の勘が飛び抜けて鋭い龍治も、つねに悪事のそばに身を置く次郎吉も、妙に焦っている。

次郎吉が鋭く言った。

「もう一つ、このへんの武家屋敷を獲物にしやすいわけがある。お偉い武士ってのは見栄っ張りだ。盗人に入られたなんて公《おおやけ》にしたがらねえ。喧嘩沙汰《けんかざた》には関わり合いになりたがらねえ。多少のことには目をつぶって、ただ体面ばかり取り繕いたがる」

そのとき、どさりと重たいものが投げ出される音がした。

はっとして、勇実たちは耳を澄ませる。

張りのある男の声が聞こえた。

「まったく、どうも様子がおかしいと思えば、私たちをこんな場所に連れ込んで、どんないかがわしい真似をするつもりなんです？　選《よ》り取《ど》り見取《みど》り、いろんな敵娼《あいかた》を揃えてくれたようですが、あいにくながら、好みの趣向じゃありませんねえ」

琢馬に相違ない。

声を頼りに、勇実たちは暗がりの路地に駆け込んだ。

ぞっとする光景がそこにあった。

駕籠が横倒しになってひしゃげている。遠山の姿は駕籠の外にあるが、右手で左の肩を押さえている。

琢馬は、遠山と茅場を背に庇《かば》う位置で刀を構えていた。駕籠かきらしき風体《ふうてい》の男が二人、血を流して呻きながら地面にひっくり返っている。立ち位置からして、琢馬が斬ったのだろう。

勇実は声を上げた。

「琢馬さん！」

勇実たちと琢馬の間に立ちはだかっている大柄な男たちが、肩越しに振り向いた。

龍治が腰の木刀を抜いて構えた。勇実は一瞬迷ったが、刀を抜き放った。

琢馬と遠山を追い詰めている男たちの手に、刃物がある。身なりを見るに、武士ではない。ごろつきと呼んでいいだろう。崩れた風体の者ばかりだ。

ごろつきの一人が、いきなり吠えて龍治に襲いかかってきた。

龍治はまっすぐ踏み込んで迎え撃つ。

見るからに膂力《りょりょく》が違う。小柄な龍治がごろつきの一撃をまともに受け止めようとすれば、木刀も骨も叩き折られ、真っ二つに斬られてしまうところだ。

ごろつきはそれを予期したに違いない。こんな小柄な男を打ち倒すなど造作《ぞうさ》もない、と油断しただろう。振り上げた長《なが》ドスを、実にいい加減な仕草で振り下ろした。

そんな一刀では、龍治にかすりもしない。龍治は余裕を持って躱《かわ》している。

ごろつきが目を剝《む》いた。

「がら空きだぜ！」

龍治は、ごろつきの顎を真下から打ち上げた。脳天を揺さぶられ、ごろつきは気を失って仰向けに倒れる。

「お見事！」

琢馬が喝采《かっさい》を上げた。

龍治は木刀を構え直した。

「琢馬さん、こいつら、まとめて畳んじまっていいか？」

余裕綽々《しゃくしゃく》の明るい声で、琢馬は応じた。

「よろしくお願いします。ああ、後々《あとあと》面倒かもしれないので、殺さない程度にお願いしますね」

「わかってる」

「助太刀、本当に助かりますよ。私はこのあたりに土地勘がないもので、しくじりました。こうもあっさり追い詰められるとはね。ちょっと敵を侮《あなど》りすぎましたか。まあ、ここから取り返せばいいか」

琢馬は振り向きざまに刀を振るった。

一閃《いっせん》。

剣光《けんこう》が茅場の右の小手《こて》を切り裂く。

「ひッ！」

茅場は小さな悲鳴を上げて、刀を取り落とした。

琢馬はさっと血振《ちぶ》りをし、切っ先を茅場の頰に突きつけた。容赦《ようしゃ》のない刃が茅場の頰に血の筋を刻む。

茅場は後ずさった。

「な、何を……」

琢馬はそのぶん踏み込んだ。刃が茅場の頰に二筋目の傷をつける。

「あなたはこちら側だと思っていましたが、ひょっとして、近頃迎えた奥方さまの実家だか親戚だかがあちら側なんですか？　遠山さまを追い落とすことに成功したら、何が約束されているんです？　聞いてみたいな。話してくださいよ」

こちらに背を向けた琢馬は、笑っているらしい。鬼気《きき》と喜色《きしょく》が同時に声ににじんでいる。

茅場はふらつき、へたり込んだ。

「お、お千勢《ちせ》のことが……」

遠山が動いた。肩を押さえていた右手を刀にし、茅場の首筋を打ったのだ。茅場は声もなく昏倒《こんとう》した。

「大方《おおかた》、人質を取られて脅《おど》されでもしているのだろう。さもなくば、この気弱な男がかくも無謀な襲撃に手を貸すはずもあるまい」

遠山が言った。低い声だが、よく響いた。

「責《せ》めたら吐くでしょうか？」

琢馬の問いに、遠山はかぶりを振った。責めを認めない、ということだろうか。

遠山は、押さえていた左肩をゆっくりと回す。動きに障《さわ》りはないようだ。遠山は朗々たる声で命じた。

「さあ、者ども！　不逞《ふてい》な輩《やから》どもを蹴散らせ！　我ら皆、生きて切り抜けるぞ！」

勇実の体に熱が宿った。弾かれたように、刀を振りかざして進み出る。

遠山は、駕籠のそばに転がっていた刀を拾い、鞘を払って身構えた。

乱闘になった。

ごろつきは咆哮《ほうこう》しながら襲ってくる。全部で七人。右から左から斬りかかられるのを、勇実は防ぎ、躱し、受け止め、弾き飛ばす。

荒っぽい喧嘩剣法には慣れない。技の見極めが難しい。

腹を括《くく》れ、と己に命じる。

袈裟《けさ》懸《が》けの一撃を受け流し、返す刀で相手の小手を打つ。

「やあッ！」

木刀で打つのとはまるで違う手応えがあった。刃が肉を断《た》ったのだ。勇実の背筋にぞっと冷たい汗が流れる。歯を食いしばって踏みとどまる。

龍治は身軽に跳び回り、ごろつきどもを攪乱《かくらん》した。敵は龍治よりも間合いが広い。ぶんと振られる鋼の刃を木刀で受ける愚を犯さず、龍治はひたすら動き回って機を待った。

一瞬の隙を突いて、懐に飛び込む。

「食らえ！」

あばらが砕けようとも容赦せず、木刀を打ちつける。

琢馬の愛刀、肥後《ひご》の剛刀《ごうとう》と名高い同田貫《どうだぬき》が、薄闇の中にきらめいた。地に転がされながらしぶとく立とうとした者の肩に、刀が勢いよく振り下ろされる。峰打ちである。重ねの厚い刀身を叩きつけられ、鎖骨が折れただろう。

琢馬の側面を龍治が庇《かば》った。体ごとぶつかっていくような、渾身《こんしん》の刺突《しとつ》。大柄なごろつきが吹っ飛ぶ。

遠山が刀を振るうまでもなかった。勇実と龍治と琢馬、三人で遠山をごろつきどもから守ることができている。

戦闘は、激しいが短かった。

ごろつきは皆、すでに地に転がって呻いている。八名での襲撃に加え、茅場と駕籠かきも敵の手の者だった。

しかし、音頭《おんど》を取ったであろう茅場は、琢馬がこれほどの使い手と知らなかったのではないか。勇実と龍治が助太刀に入るとも、むろん予期できなかっただろう。

勇実は剣先を下げ、肩で息をした。

その瞬間だった。次郎吉の声が上から降ってきた。

「勇実先生、後ろだ！」

はっとして勇実は振り向いた。

眼帯をつけた大柄な男が、そこにいた。段平《だんびら》を振りかざしている。

刹那《せつな》。

礫《つぶて》が飛んできて、眼帯男の側頭《そくとう》に命中した。

「がッ！」

悲鳴とも何とも言えない唸りを上げ、眼帯男がたたらを踏んだ。

鼠の面をつけた次郎吉が、垣根から飛び降りてきた。小さく鋭い動きで礫を投じる。眼帯男の肩に、ばしりと音を立てて命中する。

「大丈夫かい、勇実先生」

「助かりました。しかし、この男……」

見たことがある、と勇実は気がついた。この眼帯男を知っている。

木枯らしをものともせずに肌脱ぎになった眼帯男の二の腕に、赤い彫物《ほりもの》がある。

龍治が息を呑んだ。

「火牛党……！」

そうだ。二月ほど前、浅草で探し回った相手。火牛の意匠《いしょう》の彫物をした男だ。

目撃した白太《しろた》が色をつけて描いてくれた火牛の意匠は、頭に叩き込んである。

眼帯男は、牙《きば》のような乱杭歯《らんぐいば》を剝き出しにした。

「何だ、てめえら。俺を嗅ぎ回っていやがった奉行所の手先か？」

ぶんと段平を振り回すと、眼帯男は隻眼《せきがん》で次郎吉を睨んだ。

次郎吉は勢いよく跳びすさり、滑るように駆けて、琢馬の背後にまで逃げた。

眼帯男のまなざしが次郎吉を追いかけ、そして、凍りつくように止まった。琢馬を目にとらえた途端、顔を引きつらせたのだ。

「ば、馬鹿な！　その顔、てめえ、生きていやがっただと？」

琢馬は怪訝《けげん》そうに眉をひそめた。

「私の顔がどうしましたか？」

「忘れたとは言わせねえ！　この目の恨み、俺は忘れてねえんだ。勘定所の芒《すすき》野郎が！」

芒と呼ばれ、琢馬はなお、わけがわからないという顔をしている。

だが、相手は確かに尾花という姓を把握《はあく》している。芒の花穂《かすい》を尾花と呼びならわすのだ。

唐突に、勇実の頭に閃《ひらめ》きが走った。

「もしや四年前、浅草新鳥越町で尾花どのを殺めたのは……」

眼帯男は勇実を振り向いた。分厚い唇をめくり上げ、にたりと笑う。乱杭歯がのぞいた。

「殺めた、と言ったな。ほっとしたぜ。やはりあいつは死んだんだな」

眼帯男はたちまち喜色満面で、琢馬のほうへ段平の切っ先を向けた。

「ああ、わかったぞ。だったら、てめえは弟のほうだな！　ははっ、そうかそうか。さすがは兄弟だ。同じ装いをして、同じ年頃になれば、こうもそっくりになるんだなあ！　憎ったらしい面をしやがってよお。てめえの兄貴に刺されて刳《く》り出す羽目になった右目が、ありもしねえのに疼《うず》きやがるぜ！」

琢馬は蒼白になっていた。

一歩、前に出る。

「てめえが兄上の命を奪った下手人か」

峰に返していた刀を、まっすぐに握り直す。その手が、腕が、わなわなと震えている。

眼帯男は哄笑《こうしょう》し、足下に転がされたごろつきを蹴り飛ばした。骨の折れる音がした。

「おう、俺がその下手人よ。兄貴がどんな手で殺されたか、てめえ、わかんなかっただろう？」

「黙れ、下郎《げろう》」

「昔とった杵柄《きねづか》ってやつでな、俺は鍼《はり》ができるんだ。てめえの兄貴をやったときは、なるたけ傷の残らねえ手口で殺せという話だったんで、鍼で心の臓を一突きだ。なあ、きれいな死体だっただろう？　あいつめ、生意気にも反撃しやがって、おかげでこの右目よ。よっぽどずたずたにしてやりたかったんだが、仕事だからなあ。あんときゃ、いらいらしたぜ！」

眼帯男は力任せに段平を振り下ろした。そこに転がっていたのは、龍治に打たれて気を失っていたごろつきだ。

暗がりの路地に血だまりが広がる。温かい血のなまぐさいにおいが、勇実のところまで漂ってきた。

眼帯男は段平を正眼《せいがん》に構えた。

勇実は動けなかった。龍治は、もはや冷静でない琢馬を、抱きとめるようにしてつかまえた。遠山も次郎吉も、じっと黙っている。

眼帯男はにたりと笑った。

「今日のところはお開きにしようや」

「ふざけたことを……！」

呻く琢馬に、眼帯男は言った。

「勘定所の近くの茶屋の娘、茅場の馴染みの女だが、てめえも知らねえわけじゃあねえんだろ？　あの娘も、役人どもの争いに巻き込まれて、かわいそうだよなあ」

「何が言いたい？」

「俺が面倒見てんだよ。万が一にも俺が帰らないなんてことがあれば、あの娘、火牛党のほかの連中が手に掛けるぞ。俺ぁこう見えて、おなごには優しいんだ。なあ、今はまだ、こまどり屋のお千勢は無事なんだぜ。死なせたくねえだろう？」

真実だろうか。はったりだろうか。眼帯男の顔に浮かぶ嫌な笑みからは、真偽のほどが読み取れない。

ふんと鼻を鳴らすと、眼帯男は思いがけない素早さで駆け去っていった。

宵闇《よいやみ》の暗がりの向こうに眼帯男の姿が見えなくなるまで、勇実は息すら詰めていた。

遠山のひっそりとした声が、時の流れを再開させた。

「尾花。兄の敵《かたき》を討ちたいか？」

塚馬はだらりと腕を垂らした。両目が爛々《らんらん》と光っていた。

龍治が塚馬から離れた。

「止めちまって、すまない」

塚馬はかぶりを振って、刀を鞘に納めた。

「致し方ありません。遠山さま、お怪我は？」

「かすり傷だ。やれやれ、久方ぶりに、とんだ目に遭ったな」

「油断しましたね。面目次第《めんぼくしだい》もございません」

「何の、おぬしの責《せ》めではない。むしろ、おぬしらを儂《わし》のわがままに巻き込んだ格好だな。いつかは凶事が降りかかると思っておった。それが今日であったということよ」

勇実は塚馬に駆け寄った。何と声を掛けてよいかわからず、間の抜けた問いを投げかける。

「大丈夫ですか、塚馬さん？」

うなずいた塚馬は、低い声を紡いだ。

「あの下郎は俺が斬る。必ずだ」

大声を上げながら駆け寄ってくる男たちの姿がある。手に手に明かりを持って、安否《あんぴ》を確かめる言葉とともに、走ってくるのだ。

鼠の面をつけた次郎吉が、手近な垣根によじ登って、男たちを指差した。

「とりあえず、そのへんの目付《めつけ》の屋敷に知らせてみたんだ。この場の片づけをしてくれるだろうよ。裁きのほうがどうなるかは、手前にゃわからねえが」

言うだけ言って、次郎吉は垣根の向こうに消えた。

四

夜半過ぎ、離れの戸を叩く音がした。

勇実は布団から身を起こし、月明かりを頼りに戸を開けた。

「よう、勇実先生。夜分すまねえな」

鼠の面をつけた次郎吉が、するりと戸から中に滑り込んできた。

琢馬が障子を薄く開けた。月の光が一条、くっきりと差し込んでくる。龍治もすでに身を起こしていた。

手習所である矢島家の離れでは、勇実と龍治と琢馬が布団を延べていた。

勇実はまず次郎吉をねぎらった。

「無事に帰ってこられたようで、安心しました。お疲れさまです」

「手前を誰だと思ってるんだよ？　無事に仕事をやっつけるのは当たり前だ。あんたらがおとなしく待っててくれたんで、助かったぜ」

唐物の酒が手に入ったことを方便にして琢馬が泊まりに来たのは、今宵、次郎吉が勇実にもたらす火牛党の知らせをいち早く耳に入れたいからだった。次郎吉がいかがわしい人間であることくらい、琢馬もむろん察している。だが、役人の立場でもって次郎吉の罪を問うつもりはまったくないらしい。兄の敵を討つためならば、と琢馬は呻くように言った。悪党だろうが鬼だろうが何だって利用してやる、と。

次郎吉もその意を汲み、火牛党の内情を琢馬に教えることにもあっさりと承知した。

十月十三日である。

次郎吉は、鼠の面越しに勇実たちをぐるりと見やった。

「前もって告げておいたとおり、浅草新鳥越町の赤座屋の跡地へ行ってきた。ひでえ荒れようになってたぜ」

次郎吉は、見てきたことを語った。

かつて赤座屋であった建物は、半端《はんぱ》に打ち壊されたままになっている。屋根は落ち壁も破れて、住めたものではない。幽霊が出るという噂も、まことしやかに流れているらしい。

今日で赤座屋騒動から丸一年だ。火牛党に関わる生き残りの連中が集まるのではないか、という次郎吉の見込みは当たっていた。

雁首を揃えたのは、七人。

それぞれが従えている下っ端どもはいるとしても、火牛党という集団の核になって動ける者は、七人のみが生き残っているらしい。そこに赤沢や眼帯男も含まれる。

次郎吉は言った。

「あの眼帯男が頭《かしら》に収まっている。通り名で権左《ごんざ》と呼ばれているようだが、素性はよくわからなかった。四、五年前にふらっと流れ着いたよそ者だ。どこで身につけたものやら鹿島神流《かしましんりゅう》が使えるようで、喧嘩剣法のごろつきどもとは太刀筋がまるで違う。鍼の技もあると言っていたが、療治《りようじ》を受けたことがある者は見つけられなかった」

琢馬が口を開いた。硬い顔つきである。

「流れ着いたのが四、五年前というのは妥当《だとう》ですね。もっと前からあのあたりに根を張っていた悪党なら、浅草で遊び暮らしていた私が知らないはずもありません。兄を殺したのがあの男の浅草での初仕事だった、といったあたりでしょう」

なるほどね、と次郎吉は鼠の面の内側でつぶやいた。

龍治は話の続きを促した。

「悪党どもの会合はどんなふうだったんだ？」

「権左とその一党、それと、奉行所の赤沢って野郎とその取り巻きも顔を出した。あそこにいたのは、たぶん赤沢の下についてる目明かしだろうな。めいめい持ってきた酒を呷ったところまでは静かだったが、その後は派手な仲間割れが始まった」

次郎吉は語る。

今の赤沢と初めて顔を合わせる者は、まさか奉行所の花形である定町廻り同心であるとは、とても思わないだろう。

白いものが混じる太い眉の下、酔眼《すいがん》が胡乱《うろん》に光っていた。肌はたるみきっており、五十を超えたばかりとは信じがたいほどに老けて見えた。

火牛党を巡る岡本との対立が次第に表沙汰になるにつれ、赤沢のもとから人が離れていった。噂によると、正妻《せいさい》も出ていき、妾《めかけ》も姿を消してしまったらしい。先月、喧嘩の処分として謹慎を言い渡されると、赤沢はすっかり身を持ち崩した。酒に溺れ、常に何かに怒っている。

赤座屋の跡地での集まりにおいても、赤沢は酒精に焼けた喉《のど》からだみ声を発して、他の面々を罵《ののし》りだした。

「それで、壮絶な仲間割れの罵り合いが始まったというわけだ。赤沢のどら息子が火牛党の頭だった頃は、権左と赤沢の間をうまいこと取り持ってたらしい。が、権左が火牛党を牛耳《ぎゅうじ》ると、落ち目の赤沢なんか、もはやかえって邪魔だ。権左のほうから、赤沢と手を切ると言い放った」

「赤沢は？」

「食い下がってたが、ありゃあもう駄目だな。奉行所でも立つ瀬がないんだって？　あとひと押しで、やっちまえそうだぜ」

次郎吉は首を刎《は》ねるそぶりをしてみせた。面の下から忍び笑いが聞こえる。

勇実は努《つと》めて淡々と言った。

「不正の証をつかむことができれば、そのひと押しになるのかな」

人を陥《おとしい》れるための策だ。相手が赤沢のような悪党であっても、あまり気分はよくない。

一方、次郎吉は楽しそうだ。

「手前がやっちまっていいかい？　派手にやってやるぜ。何なら、岡達の旦那の大手柄になるよう細工《さいく》をしてやろうか？　それがいいだろ、勇実先生？」

「誰の手柄でもかまいません。確実に赤沢の不正を世に明かすやり方であれば」

「岡達の旦那なら絶対に手心を加えねえだろ。信用できる。な、おもしろいことにしてやるから、楽しみにしてろよ」

琢馬が声を落として問うた。

「勘定所とのつながりのほうは？」

「あんたの思い描いてるとおりだよ、尾花の旦那。遠山の旦那を不倶戴天《ふぐたいてん》の敵とみなしてるやつが勘定所にいるんだね。こたびの襲撃を裏で指図してる勘定所の役人ってのは、あんたから教えてもらった人物で間違いなさそうだ」

「やはり末吉善次郎《すえよしぜんじろう》か」

末吉という旗本の名は、琢馬からすでに聞かされている。そうするようにと、遠山に指図を受けたらしい。

遠山は、先日勇実たちを襲撃に巻き込んでしまったことをひどく申し訳なく思っているようだ。このまま何も告げないのでは不安をあおるだろうと気を揉んで、ごく簡単にだが、事情を明かしてくれた。

末吉は、遠山とは長崎奉行時代から、父子二代にわたって何かと因縁《いんねん》があるらしい。長崎奉行は、長崎から上がる貿易の利を懐にため込むことができるお役だ。便宜《べんぎ》を図ってもらえるぶんだけ善政を敷けば、喜んだ長崎商人たちからさらなる利を得ることができる。

遠山はうまくやった。だが、末吉の父はそうではなかった。唐人番《とうじんばん》との間に揉め事を起こし、告発された。その尻拭《しりぬぐ》いをしたのが遠山だった。

遠山が帰府《きふ》し、作事奉行を経て勘定奉行の任に就くと、末吉の息子が勘定所にいた。因縁のある遠山が上にいるのでは、末吉は出世の道を阻《はば》まれる格好になる。

次郎吉は、琢馬に教えられたこと以上に、独自にいろいろと探ってきたようだった。

「要するに、末吉の倅《せがれ》である善次郎の逆恨みだがね。しかし、末吉はなかなかどうして、悪だくみがうまいねえ。勘定奉行のお役なんかより、いっそのこと、四《し》海《かい》随一の悪党の親玉でも目指してみりゃあいいものを」

次郎吉は、いひひ、と笑った。そして続けた。

「末吉は人の腹の内を読む。抱き込みたい相手が望むとおりの褒美《ほうび》を鼻先にぶら下げるんだ。出世させたり私腹を肥やさせたりして、着実に味方を増やしていくって寸法だ。もう一人の勘定奉行である村垣《むらがき》の旦那にも取り入ってるようだな」

琢馬は反論を挟んだ。

「村垣さまは遠山さまと昔から親しくしておられるし、互いに能力を認め合う仲でもあります。村垣さまが遠山さまを切って末吉を抜擢するとは考えられません」

「うん、でも、遠山の旦那がみずから、やっぱり職を辞しますとでも言ったらどうだ？」

「そんなことが……」

「ありえなくはねえだろ。遠山の旦那だって人の子だ。糟糠《そうこう》の妻とも言うべき奥方もいりゃあ、よくできた嫡男も遊び人上がりの次男もいて、今はどっちの息子ともうまくやれてる。家族を人質にして脅されたら、どうだろうな。遠山の旦那でも危ういね」

琢馬は身を乗り出した。

「やはり茅場も、恋仲だった茶屋の娘を人質に取られていたのですね？」

「こまどり屋のお千勢ちゃんかい。権左の野郎が世話してるとか言ってたが」

「今月の初め頃から行方《ゆくえ》知れずになっているようです。そもそも茅場のように気弱な男が、ちょっとした褒美くらいであんな大それたことを企《くわだ》てるとは思えなかったんですよ。でも、人質を取られて脅されていたのなら、ありえます。頭に血の上《のぼ》った私でも、こまどり屋のお千勢の名を聞かされては、権左と闘うことには踏み切れなかった」

次郎吉は少し考えるような間を置いて、言った。

「ただの勘だが、茶屋の娘はまだ生かされてると思うよ。妙な客を取らされてるかもしれねえけど。連中が昔やってたことは、そういうやり口だったみたいだし」

琢馬は歯嚙みした。

「茅場は謹慎が解けたら出家するそうですよ。あの家には次男も三男もいますから、替えが利くというわけです」

「もらったばっかりの奥方さんは出戻りか」

「末吉善次郎の奥方の親戚にあたる娘御だとか」

「ちなみにその末吉の奥方、奉行所の赤沢にとって、本家筋のお嬢さまにあたるらしい。火牛党とのつながりは、そのへんからだろうな。まったく、気味の悪い縁がつながってるもんだぜ」

次郎吉が口を閉ざすと、しんとした。

月光が部屋に染み入ってくる。

勇実は、暗がりに慣れた目で鼠の面を見つめた。

「いろいろ知らせてもらえて助かります」

「いいってことよ。奉行所と勘定所、二つの役所に絡んだ獲物だ。俺にとっちゃ、楽しくてたまらないね。ぞくぞくするぜ」

「このまま火牛党を追うつもりですか？」

「もちろん」

「手が入り用のときは、私たちをうまく使ってください。私たちは武士だ。刀を使うことができます」

鼠の面の下から、くつくつと笑い声が聞こえた。

「人を斬って震えてたあんたが、よく言うぜ。でも、ま、今の言葉は預かっとくよ。手前はな、あんたらみたいな真っ当な連中からは金を巻き上げねえ。その代わり、各々《おのおの》の役割ってやつを果たし合おうぜ」

次郎吉は、じゃあ、と言って座を立った。

土間に降り立っても草鞋《わらじ》を履《は》いても、音が立たなかった。戸をほんの少し開けると、恐ろしく狭い隙間から、次郎吉は外に出た。

戸は、やはり音もなく閉ざされた。

風のない夜だ。星月の光の降る音が聞こえてきそうなほどに静まりかえっている。

自分はこの先どうなるのだろうか、と勇実はぼんやり考えた。

あの一件の後、遠山から簡素ながら情のこもった手紙が届いた。次に会うときにはじっくり話をしたい、と書かれていた。漢学についての話だ、と。

勇実のことは十二分に伝わっているらしい。筆子たちに振る舞うようにと、あの日に食べたのと同じ唐菓子が、手紙と一緒に届けられた。

清国では麻花兒《マファアール》と呼ばれている菓子だそうだ。長崎の者は、よりよりと呼んでいる。長崎で唐人たちが作って食べるのを、遠山も一緒に楽しんだという。

ため息をつくと、誰かのため息と唱和した。龍治か琢馬か、あるいは双方か。

勇実は、手つかずになっていた酒の銚子を取った。変わった香りのする、唐物の琥珀色《こはくいろ》の酒だ。老酒《ラオチユウ》という名で呼ばれるものである。

「一杯ひっかけたら、気分が落ち着きますか」

琢馬が久しぶりに微笑んだ。

「私と勇実さんは、飲んだら眠くなるくちですからね」

龍治がお猪口を手に取った。

「俺もちょっと飲みたい」

勇実は障子を開け放った。

煌々《こうこう》とした冬の月が、中天《ちゆうてん》に懸かろうとしている。

第三話　年貢《ねんぐ》の納め時

一

本所三笠町《みかさちょう》にある湯屋、望月湯《もちづきゆ》の親父の六兵衛《ろくべえ》は、数年前まで目明かしを務めていた。爺さんと呼ぶほど年は行っていないが、思うところがあって、手札を返上したらしい。分厚い眼鏡の奥からぎょろりと見据えるまなざしは、今でも鋭い。

六兵衛の手助けをするのは、愛犬の佐助《さすけ》である。赤い布を首に巻いた小柄な茶色の犬で、とんでもなく知恵が回る。

勇実と龍治は十年ほど前から望月湯を行きつけにしている。本所相生町《あいおいちょう》三丁目の屋敷からは少し離れているのだが、十代半ばだった勇実と龍治にとっては、それがちょうどよかった。

近くの湯屋では、親たちや千紘と鉢合わせになることがよくあった。湯屋の親父や三助、他の客たちも、勇実や龍治の家族のことを知っている。おかげで、二人で湯につかりながら話したことが、いつの間にか親たちに知られていたりなどした。

少年の頃には、そうやって自分のことが家族に筒抜けになるのが、とにかく気まずく、うっとうしくてたまらなかった。

望月湯の六兵衛は口が堅い。愛想も悪いが、それが相手に嫌な感情を抱かせないのが不思議なところだ。愛犬の佐助は六兵衛のぶんまで愛敬《あいきょう》たっぷりで憎めない。

本所の湯屋をあちこち巡っていた勇実と龍治が望月湯に落ち着いたのは、六兵衛と佐助のひとがらによるところが大きい。

その六兵衛と、望月湯でない場所で会うのは、思えば初めてのことだ。

十一月初旬の日暮れ時、勇実は六兵衛を矢島家の離れに呼び出した。ちょうど行灯《あんどん》に明かりを入れたところだった。

勇実は六兵衛を火鉢のそばへ招いた。

「一日の終わり、仕事帰りにひと風呂浴びに行く刻限です。お忙しいところを呼び出してしまって、申し訳ない」

「いや、湯屋のほうは倅《せがれ》に任せてきやした。それで、あっしから何の話を聞きてえとお望みで？」

勇実は単刀直入に切り出した。

「六兵衛さんはかつて、北町奉行所の定町廻り同心、赤沢勘十郎から手札をもらっていたことがあるそうですね。しかし、それを返上して縄張りを変え、別の同心に抱えられるようになったと聞きました。そういうことは珍しいのではありませんか？」

六兵衛は、すぐには答えを寄越さなかった。

重苦しい沈黙が落ちた。

六兵衛は底光りする目でじっと勇実を見据えている。見つめ返すには、腹に力を込めなければならない。

勇実は待った。

やがて六兵衛は言った。

「裏切り者の六、なんて陰口を叩かれたのは、二十年ほども前のことになりますあね。勇実先生は手習いも始めてねえ幼子《おさなご》だったはず。こんな古い話、誰に聞いたんですかい？　何のために？」

「身の上について探られるのは気持ちのいいことではありませんよね。申し訳ない。六兵衛さんに嫌な思いをさせたいわけではないんです。ですが、私はどうしても赤沢勘十郎について知りたい。そのために、六兵衛さんの話を聞かせてください」

ああ、と呻吟《しんぎん》するような節回《ふしまわ》しで、六兵衛は嘆息した。

「やっとですかい。あの悪党にも年貢の納め時が来たってわけだ」

「悪党、と言い切るんですね」

「いつの頃からか、手下の使い方がうまくなったようですが、若い時分にはひでえもんでしたよ。手柄を上げりゃあ盛大に褒美をくれるんで、そっちの評判に飛びついて赤沢の下につきたがる者も多かったんでさあ。しかしねえ……」

六兵衛は言葉を濁した。

勇実はすでに知っている。

「近頃になっても、結局そんなふうだったそうです。目明かしや下っ引きを集めて酒食《しゅしょく》を振る舞うことがたびたびあった。しかし、その席で、こいつはこんな失敗をやらかした、あいつが仕損じたときの尻拭いはこうだった、と他者を貶《おと》める話をして笑う。そこで一緒に手を叩いて笑わなければ、赤沢に睨まれてしまい、何をされるかわからない。そういう席が苦痛で目明かしを辞めた者が幾人もいるそうです」

同じ北町奉行所の同心である岡本に、赤沢について教えてほしいと頼み込んだ。岡本は自分から話すことを渋ったが、じかに聞いて回ればいいと、幾人かの男を紹介してくれた。赤沢のもとから去った目明かしたちだった。

六兵衛はあきらめたように言った。

「目明かしや下っ引きが上役にいじめられるなんてのは、よくある話でさあ」

「そうかもしれません。ですが、上役の不正を見るに見かねてだとか、その不正に巻き込まれるのを恐れたために上役のもとを離れる、というのは、よくあることとは言えないのでは？」

「ああ、そっちの尻尾《しっぽ》もつかんだんですかい。やりたい放題でしたからね、あの男は」

「やはり六兵衛さんも、赤沢がおかしなことをしていると知っていたんですね」

「目明かしとして下について働いてたんで、やっぱり、あれこれ目に入ってきちまいましたよ。いつその罪を手前になすりつけるつもりだろうかと疑い始めると、恐ろしくてたまらなかった。一年前の赤座屋騒動からこっち、赤沢はやることなすこと、味噌がつくようになっちまったようでさあね。ざまぁ見ろってんだ」

六兵衛は吐き捨てるように言った。

赤沢について話すとき、ほとんどの元目明かしは怯《おび》える様子で声が小さくなった。六兵衛はさすがに度胸が据わっている。

勇実は六兵衛に問うた。

「赤沢の不正を暴くための証は、どうすれば手に入ると思いますか？」

六兵衛は眼鏡の奥の目を細めた。

「なぜそれを勇実先生が知りたがるんですかい？　赤座屋騒動にも、岡本の旦那と赤沢との争いにも、成り行きで巻き込まれたってぇ話は聞いてますよ。しかし、それにしても、ちょいと首を突っ込みすぎじゃあありやせんかね？」

そのための答えは、事前に用意してあった。

「友が兄の敵を討とうと考えています。私は友の手助けをしたい。その敵というのが火牛党絡みなんですよ。だから、赤沢のことも知りたい。あの男から引き出せるものはすべて引き出したいんです。友の仇討《あだう》ちのために」

「ほう、仇討ちと来やしたか。しかしまあ、悪縁ってのはつながるもんだ」

「すでに引き返せないほど、関わってしまっているんです。だからこそ、一刻も早く、ことを収めてしまいたい」

「なるほど。そういうことなら、伝手は一つでも多いほうがようござんしょう。赤沢の不正の証はね、たやすく手に入りますよ。あの男の癖が昔と変わっていないんなら、ですが」

勇実は身を乗り出した。今まで幾人からも話を聞いてきたが、そういう話は初めてだった。

「赤沢の癖とは？」

「集めたがるんでさあ。気に入ったものや自分の手柄は、すべて集めて並べてしまい込みたがる。勇実先生のとこの筆子にも、そういう男の子はいませんかね」

「確かに。妙にこだわって、これと決めた種のもの、たとえば蟬《せみ》の抜け殻や花の種、松ぼっくりなんかを、拾い集めてきて大切にしまい込むような子供はいます。女の子よりも、男の子にそういう子が多い」

「目明かしをしていた頃にも、悪党のねぐらの家探《やさが》しをすると、まあまあそういうのが見つかっていやした。値打ちのない妙なもんばっかり集めたがる盗人もいた。そのとおり、どういうわけか、男に多いんですよ」

「赤沢にも、そういう癖があるんですか？」

六兵衛はうなずいた。

「関わった者の名を日記に書きつけていやした。表向きの仕事だけじゃあねえ。賂《まいない》を受け取ったり贈ったり、そういう相手の名も、律義《りちぎ》に全部書き連ねていたんです。あの日記がまだ続いてるんなら、それが全《まった》き証でさあ」

「それを明るみに出すことができれば、とんでもないことになりますよね」

六兵衛は会心の笑みを浮かべた。

「楽しみにしていやす。あの悪党には、手心を加える必要もまったくねえ。やっちまってくだせえ」

六兵衛を矢島家の門のところで見送って、勇実は離れに戻った。

上がり框《かまち》に、次郎吉が腰掛けていた。行灯の明かりに半分照らされた顔は、楽しそうににこにこしている。

勇実は眉をひそめた。

「また盗み聞きをしていたんですか。いつの間に、どこに隠れていたんです？」

「勇実先生の手間を省いてやったまでよ。いったん勇実先生が話を聞いて、そいつを手前に言伝《ことづて》するってのも、面倒だろ？」

「しかし、六兵衛さんは、私ひとりに聞かせるつもりで話してくれていたんですよ」

次郎吉は取り合わず、子供のように足をばたばたさせた。

「すげえ話を聞かせてもらえたなあ。あのおっさんが言ってたとおり、ため込みたがる悪党は少なくねえよ。だからこそ、手前が派手に暴露できるってもんなんだが」

「赤沢の屋敷に盗みに入るんですか？」

次郎吉は上がり框から立ち上がった。足音はもちろん、衣擦《きぬず》れの音すら、ほとんど聞こえない。

「そろそろやっちまおうかなと思ってるよ」

「いつです？」

「さあねえ。いい風が吹いてきたとき、なんてな」

次郎吉は忍び笑いをして、勇実のそばをするりと通り過ぎた。

振り向くと、開け放たれた引戸の向こうに、すでに次郎吉の姿はなかった。

二

　菊香の弟、亀岡貞次郎《ていじろう》は、並々ならぬ覚悟を込めた顔つきで、勇実に宣言した。

「相談というのは、ほかでもありません。年明けから先延ばしにしてきた問いに答えを出そうと決めました。年を越す前に、はっきりと先方に伝えようと思います」

　話は、その一言から始まった。

　折り入って相談があるということで、勇実は貞次郎の招きに応じ、八丁堀北紺屋町にある亀岡家の屋敷を訪ねた。

　貞次郎は日頃、父に従って小十人組《こじゅうにんぐみ》の見習いとしてお城に出仕している。今日は非番らしい。おとないを入れると、貞次郎みずから勝手口まで飛んできて、中に案内してくれた。

　通されたのは、四畳半の、書き物をするための小部屋だった。父と貞次郎の共同で使っているらしい。貞次郎はきっちりと障子を閉め、勇実と差し向かいになった。

そして腹を決めたように顔を上げると、宣言したのだ。年明けからの問いに答えを出す、と。

「年明けというのは、つまり……」

「縁談の件です」

「なるほど。やはりその件か。どちらの娘御との縁組を望むか、先方に伝えることにしたんだな」

「はい。久保田《くぼた》家からは、まだ先でもよいと言われているのですが、琴音《ことね》さんと美鈴《みすず》さんを待たせてしまっていると思うと、私はもう、心苦しくてたまらない。あいまいなままというのは、よくないと考えるんです」

年明け早々、貞次郎は勇実のもとへ押しかけて、風変わりな頼み事をした。見合いについてきてほしいというのだ。兄弟でも親族でもない自分がなぜ、と勇実は戸惑ったが、貞次郎にとって最も信頼できる大人の男というのが勇実であるらしかった。

見合いがまた風変わりなものだった。貞次郎に紹介されたのは、久保田家の姉妹である。長女と次女の二人ともが、花嫁候補として貞次郎の前に立ったのだ。

貞次郎は、姉妹のどちらかを選ぶよう告げられていた。幸か不幸か、姉妹ふたりともが貞次郎をたいそう気に入っている、という話でもあった。

不埒《ふらち》な者であれば、両手に花だと浮かれそうなものだ。しかし、齢《よわい》十五で潔癖《けっぺき》なきらいのある貞次郎は、真剣に思い悩んだ。花嫁候補の二人とまめに文を交わし、縁談を自分で決めるという大仕事に、慎重に向き合っていた。

「とはいえ、初めから答えが出ているようなものだという気がしていたが」

「はい。やはり、初めて会ったときに自分が感じたことを、ちゃんと信じてみればよかった。そうしたら、こうやって長らく悩むことも、琴音さんと美鈴さんを待たせてしまうこともなかったんです」

まだ幼さの残る貞次郎の顔に、憂いが宿った。もの思わしげに長いまつげを伏せると、蘭陵王《らんりょうおう》もかくやというほどの、細やかで優しげな美男ぶりである。

実のところ、姉妹二人との見合いという奇妙なことになったのも、貞次郎の整った顔立ちのせいだった。当初は貞次郎と久保田家長女の琴音との縁談だったものの、次女の美鈴が貞次郎の姿に一目惚れし、見合いの席に割り込んできたらしい。

貞次郎は、手元に置いていた文箱《ふばこ》を開けた。

入っているのは手紙だった。思いのほか乱雑に放り込まれている中、藍色《あいいろ》のちりめんの袱紗《ふくさ》で包まれたものがあった。

貞次郎は丁寧な手つきで袱紗を開いた。表書きの筆跡は、たおやかな女の字だ。

「何度も読み返しているんです。この字で綴《つづ》ってあると、見慣れた自分の名前さえ、きらきらして見える」

「琴音さんからの手紙？」

「はい」

久保田家の長女の琴音は、先妻《せんさい》の子だという。控えめというより、おどおどしている娘だった。顔立ちも身なりも地味で、ぱっと見には女中かと思われたほどだ。貞次郎が言うには、家事をこなす手がすっかり荒れていたらしい。

一方、久保田家の次女は後妻の子で、美鈴という。母に似て美しく、きらびやかに着飾っているのがまた似合っていた。わがままなところはあるが、かわいらしくて無邪気な美鈴に振り回されたいと望む男も、きっと少なくないだろう。

見合いの席の貞次郎は、姉妹ふたりの間で、まるで剣術の立ち合い勝負のように張り詰めた様子だった。交わす言葉の多寡《たか》に差をつけてはならないと、自分なりに決まりを設けていたらしい。その後も、どちらかを贔屓しないように、ひどく気を遣っていた。

だが、結局のところ、差をつけずにはいられなかった。選ばなければならないというより、選びたいと望むようになったのだ。

貞次郎は、琴音の筆跡を指先でなぞった。

「この前、手紙に私の本音を書いてみたんです。琴音さんからの手紙だけをいつも読み返している、と。書いてあるのは、体を気遣ってくれる文面だとか、ほんのちょっとしたことばかりなのに、何度読んでも見飽きない。ずっと読み返していたいくらいなんです」

初々《ういうい》しいことだ。勇実はくすぐったいような心地になってしまった。

「琴音さんの返事には何と書いてあった？」

夢見るような目をしていた貞次郎は、途端に顔を曇らせた。

「信じてもらえないんです。私が琴音さんをからかっている、と思われてしまって。季節外れを承知の上で、世の中にたえて桜のなかりせば春の心はのどけからまし、という歌を引いたりなんかするんですよ」

「在原業平《ありわらのなりひら》か」

「はい。世の中に桜というものがまったくないのであれば、春を過ごす心は穏やかだっただろうに、というのが文字どおりの意味合いですが、業平の場合、おなごを桜にたとえているんじゃないですか？」

「稀代《きだい》の女たらしとして知られているからな。たいそうな美男子で、歌詠みの腕前も歴史に名を残すほどだ」

「私は女たらしなどではありません。『伊勢物語《いせものがたり》』も『源氏物語《げんじものがたり》』も、男の振舞いがあまりに軽々しくて嫌いです。百人一首や『古今集《こきんしゅう》』の類《たぐい》だってそうだ。昔の歌人は道ならぬ恋ばかり詠んでいて、そういうのが持てはやされるのは気分が悪い」

貞次郎は八つ当たりのように、古き世の風流人たちをなじった。何とも微笑ましく思われて、勇実はちょっと笑ってしまった。

「それで、貞次郎さんはどういう返事をしたんだ？」

「まだ書いていません。私も有名な歌を引いて、やり返そうと思うんですけど。勇実先生、いい歌を知りませんか？」

「さて、何かあるかなあ。すぐには思いつかない。私も業平ではないからね。恋の駆け引きの歌には、とんと疎《うと》い」

貞次郎はふてくされた顔で嘆息した。

「琴音さんはなぜあんなに自信がないんだろう？　私は琴音さんと文を交わしたりしゃべったりするのが楽しいのに」

「そんなふうに素直な言葉で、琴音さんにも告げているのに、信じてもらえないのか」

「ちっとも駄目なんです。手紙でも駄目。美鈴さんやほかの人がいるところでは、もっと駄目」

「じれったいな」

「埒《らち》が明かないと思って、一度だけ、琴音さんと二人でしゃべったことがあるんです。勤めの帰りに、その、何となく回り道をしてみたら、届け物の帰りだという琴音さんとばったり出会ったので、久保田さまの屋敷まで送りました」

「それはまた、奇遇だったんだな」

つい勇実はからかってしまった。回り道の理由は、何となくではあるまい。久保田家の近くをわざと通ったのだろう。勤めの帰りに回り道をしたのも、その一度きりではないのかもしれない。

色白な貞次郎は顔色が変わりやすい。さっと頰や耳が赤く染まった。

「こ、琴音さんって、けっこうお茶目なんです。手紙でもそうだし、あのときも、いたずらっぽい笑い方をしたりしていました。美鈴さんやその母上への遠慮がなければ、本当は伸びやかな人なんですよ」

「貞次郎さんには心を許しているというわけだ」

「いいえ、ちっとも。肩の力はちょっと抜いてくれていますけど、胸の内はまったく明かしてくれません。ただ、美鈴さんへの引け目がずいぶんあるのは伝わってきます。それが私には歯痒《はがゆ》くてならないんです」

「貞次郎さんは初めから、美人と評判の美鈴さんのことを苦手と言っていたな」

「しゃべりすぎる人は疲れます。それに、姉上のほうがきれいだと思いません？　私は美人を見慣れているんですよ。だから、少々きれいなくらいでは、まったくもって、ときめかないんです」

　貞次郎は言い切った。

　勇実は噴き出してしまった。貞次郎の姉贔屓も相変わらずだ。以前は、姉があまりにも類まれな人なので、そんじょそこらのおなごには少しも魅力を感じない、というようなことさえ言っていた。

「そんなに笑わないでくださいよ、勇実先生」

「いや、正直なものだと感心しただけだよ。しかし、菊香さんが貞次郎さんの縁談の行方を心配していたが、うまく収まりそうだな。貞次郎さんは、こうしたいと望む道を見つけたんだ」

貞次郎は手紙に目を落とした。

「ちゃんと琴音さんにわかってもらいます。私はからかってなどいない、と。琴音さんから新しく手紙が届くだけで、ほかに何も手につかなくなってしまう。こんなに泣きたいような気持ちになるのは、琴音さんのことを想っているときだけなんです」

「そういう気持ちを、人は恋と呼びならわしてきた。業平の歌にもあったな。きみにより思ひならひぬ世の中の人はこれをや恋といふらむ」

その歌を覚えていたのは、妙に胸に響くものを感じたからだ。率直な意味合いの歌である。「あなたによって知らされた。どうにも思いどおりにいかないものだが、世の中の人は、これを恋と呼ぶのだろうか」というのだ。

恋という感情に対する新鮮な驚きを、稀代の女たらしである業平が詠んだ。生涯に一度きりの特別な恋というものが、人それぞれにあるのだろう。この恋こそが真のものだと、そのときの業平は思い知って、胸を焦がしていたのだろうか。

「勇実先生、この話、まだよそには漏らさないでくださいよ。その、縁組の相手を選んだ、という話です。久保田家の合意を取りつけてから、私が自分の口で皆に言いたいと思っているので」

「もちろんだ。琴音さんとは近々会って話をするのか？」

「そのつもりです。父たちも交えて、きちんとした話をします。でも、その前に琴音さんと久保田さまに宛てて、手紙を書いておきたいんですよ。口約束だけではなく、書面にしたためておいたら、証になるでしょう？　そういうわけで、これ、見てもらえませんか？」

　貞次郎は、文机の上から帳面を取り、中に挟んでいた反故紙《ほごがみ》を勇実の前に出した。琴音宛ての手紙の草稿であることは、書き出しを見ればすぐにわかった。

　勇実は慌てて反故紙を貞次郎に突き返した。

「待ってくれ。これは私が読んでしまっていいものではないだろう」

「でも、姉上には見せたくないんです。両親に見せるのは、もっと嫌です。相談できる人がほかにいません」

「なぜ私なのかな？」

「まじめに聞いてくれるからです。年の近い連中は、ここぞとばかりにからかってきますから、私の悩みを絶対に知られたくありません」

「そうは言ってもなあ……」

「お願いしますよ、勇実先生。手紙の推敲《すいこう》を手伝ってもらえたら、必ず何かお礼をしますから」

勇実は苦笑した。

そのとき不意に、障子の外から声がした。

「貞次郎、お茶を持ってきたのだけれど、開けてもいい？」

菊香である。勇実が屋敷におとないを入れたときには出掛けていたはずだが、いつの間に帰ってきたのか。

貞次郎はすごい勢いで手紙の草稿を帳面に挟み、琴音からの手紙を文箱に戻して蓋をした。

「どうぞ」

すっと障子が開けられる。勇実は我知らず、背筋を伸ばしていた。

菊香の所作《しょさ》は何をするにしても美しい。茶の盆を携《たずさ》えて部屋に入ってくる菊香の姿を、勇実はつい目で追ってしまった。

目が合うと、菊香は勇実に微笑んで会釈《えしゃく》した。

「弟がお呼び立てしてしまったようで、すみません。わざわざ足を運んでくださってありがとうございます」

「いえ、私ではあまり役にも立てませんが。でも、頼ってもらえるのは嬉しいことですよ。菊香さんはお出掛けだったんですね。お一人で？」

はい、と菊香は目を伏せた。口元だけで微笑しているふうだが、それが心からのものでないことは明らかだ。

「久しぶりに外に出て人と会って話すと、疲れますね。うまくいかないことばかりです」

「おや、菊香さんが弱音を吐くとは珍しい」

「すみません」

「いえいえ。疲れたときは疲れたと言ってみてもいいんじゃないですか。私など、しょっちゅう言っていますよ。根がぐうたらなもので」

菊香は目を上げ、頬を緩めるようにして小さく笑った。今のは、作り笑顔ではないように見えた。

貞次郎はいささか乱暴な仕草で、がぶりと茶を飲んだ。

「姉上、盗み聞きなんかしていませんよね？」

「していません。でも、貞次郎の顔を見れば、誰のことを話していたか、すぐにわかってしまう。琴音さんのことでしょう?」

貞次郎は怒ったような顔でそっぽを向いた。いったんもとに戻っていたはずの顔色が、あっという間にまた真っ赤になった。

「姉上は口出ししないでくださいね」

「当たり前でしょう。これは、貞次郎が自分で考えて決めることだもの」

「縁談なのに、自分で選んだり決めたりできるなんて、変な話だ。おかげでずいぶん悩んで、胸の中がもうぐちゃぐちゃなんです」

「選ぶことのできない、自分で決めたのではない縁談によって悩む者のほうが、武家には多いと思うけれど」

貞次郎は、はっとしたように菊香を見つめた。

「琴音さんがそんなふうだったらどうしよう? 相手方から勝手に決められ選ばれてしまって、そのせいで悩んだり苦しんだりするようだったら、私はどうしたらいいのかな」

菊香は小首をかしげ、そっと笑った。

「そんなに不安?」

「だって、琴音さんは私に本音をしゃべってくれません」

「出会って一年も経たない殿方を相手に、十五の娘さんが、あれこれ率直なことを言えるものかしら。もちろん、物怖《ものお》じしない人もいるでしょう。でも、わたしが琴音さんの立場だったら、きっと、まだ何も言えない」

「まだ？」

「ええ。付き合いの長さだけで親しさを測れるものではないとはいえ、身構えた体から力が抜けるまでには、それなりの時が必要だから。貞次郎、たやすく相手の懐に入っていけるとは思わないこと。あなたと琴音さんでは、物事の感じ方が違うのだから」

「……そうですよね。私はどうしても、さっさと白黒つけたくなってしまうけれど、琴音さんはもっと慎重だ。たぶん」

「白黒つけるまでの時のかけ方は、人それぞれだもの。貞次郎、しゅんとしないの。まだ親しくなれないと思っているのは、嫌いだから拒んでいることとは違う。好ましい相手だからこそ嫌われたくなくて、何も言えなくなるものでもあるのだから」

　では菊香はどうなのか、と勇実は思った。

四月に箱根に行ったあたりから、何となく勇実に対する言葉が鋭いことがある。当たり障りのないことばかりではなく、時に勇実の下心を正面から刺し貫くような言葉を発するのだ。

勇実に嫌われてもよいから、ということなのか。それとも、時が経って遠慮がなくなってきたから、ということなのか。あるいは、そのどちらでもないのか。

貞次郎は意地を張るように言った。

「いずれにせよ、私の縁談は、これから改めて形を整えていくんです。私は年が明けてもまだ十六で、勤めにおいても半人前。こんなささやかな家格の旗本としては、祝言を挙げるにはさすがにちょっと早すぎます。姉上のほうが先ですからね」

菊香は平然としてうなずいた。

「もちろんわかっています。琴音さんも、行かず後家の小姑《こじゅうと》がいる家になんて、嫁ぎたくないはず。わたしも早く奉公に上がる先を見つけて、この屋敷を出なければ」

勇実は、えっと声を上げてしまった。

「奉公、ですか？　お城か大名屋敷の奥女中か祐筆《ゆうひつ》にでも？」

「そんな高望みはしていません。住み込みで働けるお屋敷なら、家格など問題ではないと思っています。でも、なかなか見つかりません。わたしは二度も縁談が駄目になったため、悪い噂が立ってしまっているようですね」

「悪い噂、ですか」

　勇実も次郎吉から聞いている。

　菊香は、勇実がその噂を知らないと思ってのことだろう、淡々とした口調で言った。

「わたしと縁ができてしまったら不幸せになる、という噂なのです。二度も縁談が壊れたのもそう。相手がわたしとの縁談を反故にしたのは、縁ができるのを避けるためで、賢いことだったそうですよ」

「嫌な噂ですね。男の勝手な言い分でしょうが」

「ですが、武家は存外、そういう噂を気にするものです。家門が途絶えるようなことがあってはなりませんから、縁起の悪いものは遠ざけたがる」

「くだらないことです。菊香さんの人柄や働きぶりではなく、運不運だけが取り沙汰されるなんて、おかしいと思いますがね。菊香さんは、そんな噂に惑わされない人と付き合えばいい。気にすることはありませんよ」

「お気持ち、痛み入ります」

菊香はまっすぐに勇実を見つめた。見つめられた勇実は、菊香の目に吸い込まれそうに感じた。色が薄い目は、光を多く映し込んで、きらきらしている。

一言で菊香を言い表すなら、素敵な人だ。美しさも気高さも強さも弱さもすべてひっくるめて、菊香という人は素敵だ。

なぜこの人が不遇な扱いばかり受けねばならないのか、と思う。

それと同時に、ずるい思いも勇実の胸によぎった。誰も菊香に手を差し伸べない今なら、つなぎとめておけるのではないか。

その絶好の機は、今しかないのではないか。

「菊香さんさえよければ、私にも少しは蓄えがあるし、うちの屋敷なら……」

「はい？」

怪訝、というよりも、険《けわ》しいものすら感じさせる菊香の声音に、勇実は息を呑んだ。我に返った。

自分の屋敷に来ないかと誘うなど、まるで縁談だ。そうでなければ、いかがわしいたくらみのようだ。

菊香はどちらの意味合いだと受け取ったのか。笑みを消した美しい顔には、静かな怒りが見て取れる。菊香がそのたおやかな姿の奥に、鉄火《てっか》のごとく烈《はげ》しい気性を秘めていることを、勇実もよく知っている。

勇実はとっさに弁明した。

「あっ、違うんです。変な切り出し方になってしまいましたが、その、ちょうどいいかもしれないと思っただけで……」

舌がもつれる。顔から血の気が引くような、頭に血が上っているような、おかしな具合だ。頭が回らない。

貞次郎が不安げに勇実と菊香を見やった。

勇実の口は、言い訳がましい弁を続けている。

「もし、奉公先のあてがないのでしたら、奉公なんていう言い方はおかしいのですが、うちの屋敷に住んで、働いてもらうことはできます。千紘がこのところ忙しくなってきていますし、それに、いつか千紘は嫁いで家を出ていきますから、私は一人では家のことなど何もできないし、困っていて」

舌が勝手に動いている。

まずい、そうじゃない、と頭のどこかで半鐘《はんしょう》が鳴っている。何だろう、この不確かで頼りない言葉の群れは。

こんな言葉では、勇実の願いや望みを一つも正しく映せない。菊香の心に響くものは、一言としてないだろう。

菊香の頰は能面のように強張っている。両目の輝きが険しく鋭い。

「どういう意味でおっしゃっているのです？」

自分でもわからない。

ただ、菊香が手の届かないところに行ってしまうのではないかという恐れが、勇実の口を開かせた。

「あの、小普請入りの御家人の、こんなしがない男が、旗本のお嬢さんに向かって何を言うのかと、自分でも今、申し訳なく感じています。私は余計なことを、いや、誤解をさせるような言い方を……」

「家格の違いなど、わたしの身に関して言えば、あってなきがごとしです。申しましたとおり、過去の縁談の件が吹聴《ふいちょう》されて、新たな縁談はもう来ません。奉公人としてのまともな働き口さえありません。もはやわたしの身に値打ちなどないのです」

「そんな言い方はよしてください。私は、菊香さんに値打ちがないなどと、思ったこともない」

「でしたら、先ほどのお申し出の意味は何なのです？　住み込みで働けばよいという、お言葉どおりに受け取ってよいのでしょうか？　それとも、縁談のつもりでおっしゃいました？　わたしをもらってくれる人がどこにもいないから、情けをかけてくださったのですか？」

静かな口ぶりだった。それがかえって怒りの深さを表しているかに思えた。

姉上、と貞次郎が何か言いかけた。しかし菊香に一瞥《いちべつ》され、口をつぐむ。

勇実は、自分が蒼白になっているのを感じた。息が深く吸えない。まばたきがうまくできない。

「情けをかけるなど、違います。下心があっての申し出ではありません。縁談のつもりもない……縁談であれば、こんないい加減な言い方は、決して……」

「いい加減な言い方、ですか」

「面目ない。とっさに口走ってしまいました。菊香さんがよそへ奉公に出てしまって、会えなくなったら、千紘が悲しむ……いや、違う、それも方便だ。私が、受け入れられないだけです。今の間柄が変わってしまうことを、受け入れられない」

「ですが、千紘さんは遠くないうちに、矢島家に嫁いでしまうでしょう？　矢島家は勇実さまのお屋敷のお隣ですし、血のつながりが断たれるわけではない。それでも、やはり間柄は変わります。わたしと千紘さんの間柄も、変わらざるをえません」

「……そのとおりです。わかっているつもりなのですが」

「わかっていて、その上で、勇実さまはわたしを本所のお屋敷に住まわせて、どうしたいとお望みになったのです？　いま一度お尋ねしますが、今しがたの言葉、一体、何のつもりだったのですか？」

鋭い刃を喉元に突きつけられるような問いに、勇実は答えられない。勇実にできたのは、間の抜けた言葉で問い返すことだけだった。

「怒っていますよね？」

「はい」

取り返しがつかないほどしくじったのだと、勇実は理解した。建前を取り繕おうとするあまり、失敗したのだ。

いや、どうにか取り返したい。自分の胸の内をすべて暴き、ごめんなさい、下心はいつも言ってしまいたい。

抱えているんですと白状して、本音をさらしてしまいたい。

できるはずがない。

想いをはっきり告げるのならば、初めからそのための言葉を選ぶべきだった。菊香が家格の釣り合いを気にしないのであれば、勇実も屋敷云々《うんぬん》ではなく、好いた人と身ひとつで一緒になれる長屋暮らしの町人のように、率直に切り出してみるべきだった。

私は、惚れた相手と一生添いたいと望んでいる。だから、あなたに縁談を申し込んでよいだろうか。

腹を決めて口にすべきだった言葉が、勇実の胸中でむなしく燃え尽きていく。

「申し訳ない。自分でも、どうしたいのか、わからなくなってしまいました」

「では、わたしにはなおのこと、わかりません。縁談の申し込みでしたら、それはそれでかまいませんよ。父は喜ぶでしょう。わたしが片づけば、亀岡家の事情は万事丸く収まりますので」

挑みかかるような言葉に、勇実はかぶりを振った。

「菊香さん、やめてください。そうやって自ら傷つこうとするのは、駄目です。私を追い詰めるためだけに、縁談などと口にしてはいけません」

「前にも似たようなことをおっしゃいましたね。わたしにとって、こんな言葉くらい、痛くも痒《かゆ》くもありませんが」

「よしてください。私の不用意な言葉で嫌な思いをさせてしまい、本当に申し訳ない。私の無調法《ぶちょうほう》を忘れてくれとは言いません。ですが、千紘とはこれまでどおり仲良くしてやってください。お願いします」

頭を下げ、菊香のまなざしから逃れる。

硬い声音《こわね》が降ってきた。

「お願いされるまでもありません。わたしが本所のお屋敷へうかがうのは、千紘さんと会うためですから。これまでもそうでしたし、これからもです。頭など下げないでください」

「それを聞いて安心しました。妹の友を奪いたくなどありませんから」

間《ま》が落ちた。

菊香が何かを言いかけたように思われた。勇実は面《おもて》を上げた。目が合いそうになった途端、菊香は顔を背けた。

「失礼いたします」

菊香は完璧な所作でお辞儀をし、静かに障子を開け、部屋を出ていった。音もなく障子を閉めるところまで、流れるように美しかった。

すっかり固まっていた貞次郎が、ぽつんと言った。

「何だったんだ？　姉上の本音も、ちっともわからない。なぜ急に、あんなに怒ったんだろう？」

勇実は、もうどうしようもなくて、笑った。

「振られてしまったな」

率直な言葉が口をついて出て、勇実の胸をえぐった。

三

貞次郎にはずいぶん心配されたが、勇実は存外落ち着いていた。

初めから望みのない恋だと思っていたからだろう。菊香のことをたびたび夢に見るくらいには、憧れて恋い焦がれていた。それでも、想いが成就《じょうじゅ》するとは信じられずにいたようだ。

勇実が亀岡家の屋敷を辞するとき、貞次郎は力なく頭を下げた。

「私が勇実先生を呼び出したのがきっかけでこんなことになってしまって、本当に申し訳ありませんでした」

勇実は苦笑し、貞次郎に顔を上げさせた。

「貞次郎さんが謝ることではないよ。きっと遅かれ早かれ、私は今日のような形で菊香さんを怒らせてしまっただろう。たまたま今日だったというだけだ」

「私も後で改めて姉上と話します。あんな喧嘩腰な言い方では、姉上がどうしたいのか、まるでわからなかったから。姉上はいつまで経っても、私に本音を見せてくれないんです。嫌いだから拒むのではないと言っていたけれど」

「貞次郎さんの縁談のことも含めて、家族でしっかり話すほうがいいかもしれないな。あまり力になれなくて、すまない」

かぶりを振った貞次郎は、利《き》かん気《き》の子供のように、むくれた顔をしている。

「勇実先生にはまた相談に乗ってもらいます。話、聞いてくださいね」

「わかった」

「私が姉上とちゃんと話をして、勇実先生と和解するよう説得しますから」

「それについては、振られた私のほうからは何も言えないな」

貞次郎はかすれた声で訊いた。

「やっぱり勇実先生は、姉上のことを好いているんですよね？　それは色恋の情なんでしょう？」

勇実は小さくうなずき、己の胸に手を当てた。

「でも、菊香さんの人生においては、こんなもの、きっと些細《ささい》なことだ」

「そうは思えません」

「色恋の情というものが、なぜあるのだろう？　武家の縁組がそうであるように、血筋を後の世に残すことが人の生まれ持つ務めの一つだとするならば、色恋の情など邪魔なだけだ。そんな情で結びつく二人が、年頃も家柄も見合った男女であるという幸運が、一体この世にどれほどあるというのか」

「勇実先生……」

「すまないな。単なる愚痴だよ。貞次郎さんは、その幸運を生涯大事にするんだ」

　貞次郎は黙って頭を下げた。

　さほどみじめな気持ちにもならなかった。勇実の心は乾いていた。

　一人、本所へ帰る道すがら、ぼんやりと景色を眺めながら歩いた。

　火事か捕物か、ちょっとした騒ぎがあったらしく、この日の八丁堀はいくぶん浮き足立っているように見えた。

　翌日、もうすぐ昼時という頃になって、目明かしの山蔵が手習所の戸を叩いた。

「勇実先生、ちょいと、とんでもねえことが起こりやした！」

手習所に飛び込んできた山蔵に、筆子たちは一斉に目を向けた。

「どうしたのさ、山蔵親分？」

久助が言った。手習いに飽き飽きしていたはずの顔が、ぱあっと輝いている。

丹次郎がちらちらと勇実を見ながら言った。

「勇実先生、手習いよりも、山蔵親分の話を聞いたほうがいいんじゃない？　今日の勇実先生、元気がないし。ちょっと気分変えなよ」

うんうん、と筆子たちはうなずいた。

勇実は何ともないつもりだった。特にしくじってもいないはずだが、やはり勘づかれてしまったか。

山蔵は手習所をぐるりと見渡した。

「おや、今日、将太先生はいないんですかい？」

「将太はこの手習所のほかにも、教えに行っている先があるものですから。将太がどうかしましたか？」

「いや、そういうわけじゃなくて。勇実先生を外に連れ出したんじゃ、子供らの面倒を見る大人がいねえなと思いやして。でもまあ、とんでもねえこととはいえ、悪い話じゃあないし、子供らにも関わりのあることだ。ここで話したいんですが、かまいやせんか？」

勇実が応じるより、筆子たちが歓声を上げて筆を放り投げるほうが早かった。勇実は咎《とが》める気力が湧かない。今日はやはり腹に力が入っていないなと感じた。

「わかりました。この子たちにも関わりがあるというのは、火牛党のことですね？」

山蔵は咳払いをして話し始めた。

「へい、火牛党絡みです。実は昨日、八丁堀にある赤沢勘十郎の組屋敷《くみやしき》に盗人が入りやした。その盗人の名は、鼠小僧です」

筆子たちが手を叩いた。

「鼠小僧が！」

「悪い同心をやっつけたんだ！」

「さすがだね！」

わぁわぁと声を上げるが、山蔵が口を開こうとした途端、ぴたりと静かになった。こういうときばかりは、実によく集中して、大人の話を聞きたがるものだ。

山蔵は続けた。

「鼠小僧が盗んだのは、しこたま貯め込まれた金銀をひと抱えだったたってぇ話ですが、この際そっちはどうでもいいんです。あっしらにとって重要なのは、赤沢の日記がごっそり持ち出されて、北町奉行所の門前にぶちまけられたことでさあ」

「日記ってどんなやつ？」

「秘密が書いてあるってこと？」

筆子から口々に上がった問いに、山蔵は答えた。

「日記と呼ぶのがいいのか難しいところだが、日付ごとに人の名を書き連ねたもんだった。赤沢は、その日に関わりのあった者の名を逐一書き出すってぇ癖があったんだ。その日記が、鼠小僧の手によって明るみに出された」

ああ、と勇実は嘆息した。

「六兵衛さんの言っていたとおりだ」

山蔵は重々しくうなずいた。

「あっしらが赤沢について調べ上げたのを、鼠小僧は何らかの手を使って、のぞき見なり盗み聞きなりしやがったんでしょう。目の付け所は大したもんだが、まったく、ふてえ野郎だ」

勇実は黙ってうなずいた。自分が鼠小僧の盗みの片棒を担《かつ》いでいるなどと、口が裂けても言えない。

十蔵《じゅうぞう》が山蔵の袖を引っ張った。

「鼠小僧が盗み出した名前日記があったら、赤沢が悪いやつだってことがちゃんと全部わかっちまうの？」

「ああ、そうなるはずだ。今、岡本の旦那たちが、名前日記といろんな記録や帳簿を突き合わせて、調べを進めている。たとえば、赤沢が口利きをしたんで罪人が解き放たれた、とかな。そういったことが次々と明らかになるはずだ」

おお、と筆子たちはどよめいた。

淳平が、竹刀《しない》だこのできた手をぎゅっと握り締めた。

「火牛党の問題の半分が、これで片づくんだ。名前日記があったら、もう半分も芋《いも》づる式に引きずり出せるかもしれない！」

武家の子である淳平と才之介《さいのすけ》は、近頃、剣術稽古への入れ込みようが前とは段違いだ。この三月《みつき》ほど、手習所の行き帰りに、腕の立つ大人が付き添うようになっている。それに刺激を受けたらしい。淳平と才之介は、いざとなれば自分が仲間たちを守るのだと、覚悟を新たにしているのだ。

白太が、ああ、ええと、と言葉を探しながら、ようやく言った。

「尾花さまに、教えていい？　火牛党のこと、新しい知らせがあったら、すぐ教えてほしいって言われた」

山蔵はうなずいた。

「わたりをつける手立てがあるなら、坊主の口から知らせてやっていいぞ。しかし、読売や町の噂のほうが、先に届くかもしれんな」

「そっか。鼠小僧だもんね」

「読売の目ざとさといったら、あまりに知らせの足が速すぎる。鼠小僧自身が投げ文をしているとしか思えねえ。盗人のくせに、まったく奇妙な野郎だ」

勇実はうなずきながら聞いていたところ、山蔵から急に水を向けられた。

「こういうわけなんで、手習いを邪魔しちまいやしたが、必要な知らせではあったでしょう？　勇実先生、ほかに訊きてえことはありやせんか？」

「え？　あ、まあ……」

勇実は口を開きはしたものの、言葉がうまく紡《つむ》げなかった。

昨日の今日で、やはり心がしおれているようだ。かつて失恋したときには、何も手につかずに寝込んでしまった。そういう類の落ち込み方ではないが、どうにも気合いが入らないし、頭が回らない。

良彦が、ちょっとかすれた声を上げて勇実を庇《かば》った。

「山蔵親分、今日の勇実先生はぼーっとしてて元気がないけど、話はちゃんと聞いてるから大丈夫。それより、おいらたちはどうすればいい？」

「今までどおりだ。窮屈だとは思うが、一人でうろうろしないこと、大人と一緒にいること、変なやつを見たら知らせること、それを続けてくれ」

久助が薄い胸を叩いた。

「任せとけって！　おいらたちがきちんとやるのが、勇実先生や将太先生、龍治先生たちを守ることになるんだからな」

前線に出て刀を振るうだけが闘う手立てではないのだと、この頃、筆子たちはよく口にしている。獲物の素性をきっちりつかむことこそが大事だ、と一丁前《いっちょうまえ》に戦略を論じ合ったりなどしているのだ。

そういうふうになったのは、皮肉なことに、鼠小僧の影響《い》である。鼠小僧は武器を振るって闘うのではない。探索のうまさと身の軽さを活かし、誰にもできない闘いをやってのけている。

山蔵は勇実にあいさつして、慌ただしく去っていった。

まだ昼の鐘は鳴っていないが、今さら手習いにも戻れない。

「昼餉にするか」

勇実の一言に、筆子たちはまた歓声を上げた。


夕刻、千紘が帰ってくるのと入れ替わりで、勇実は矢島家の離れに戻ることにした。写本の仕事が忙しいという嘘をついてのことだ。一人になりたかった。

庭に出たところで、障子を開けた千紘が勇実に告げた。

「今日の夕餉は矢島のお屋敷のほうでいただきましょう。呼びに行くから、すぐ出てきてくださいね」

「わかった」

「ああ、そうそう、明後日は菊香さんと会うことにしているんです。お茶をして、そのままこちらに泊まりに来てもらうかもしれないんですけど、いいですよね?」

勇実は昨日のことを千紘に何も言っていない。菊香もまだ千紘には知らせていないようだ。いや、わざわざ知らせるまでもないと考えているのかもしれない。

菊香の名を聞くだけで、胸がよじれるように痛んだ。だが、勇実は平気なふりをした。

「では、明後日も私は離れにこもることにするか。そのほうが、二人とも気兼ねせずに済むだろう」

「それは確かにそうなのだけれど、兄上さまと菊香さん、いつまで経ってもお互いに遠慮しっぱなしよね」

「千紘のように、誰に対しても開けっぴろげというわけにはいかないさ」

勇実は矢島家の離れで一人、天神机に仕事道具を広げるだけで何をするでもなく、ぼんやりと過ごした。

火鉢にはきちんと熱い炭を入れている。自分を傷つけてしまいたい気持ちがあるわりに、寒いのは嫌だなあと、いつものとおり火鉢のそばで背中を丸め、綿入れを着込んでいる。

いくらも経たないうちに、戸の開く気配があった。すっと冷たい風が入り込んできたので、そちらを向く。

「次郎吉さん」

きっと姿を見せるだろうと、薄々思っていた。

勇実ひとりのときは、次郎吉は顔を隠さない。にんまりと満足げに笑っている。いでたちを見れば、今日は鳶《とび》のような風体だ。

「このところ冷えるな。手前も火鉢に当たらせてくれよ」

どうぞとも駄目だとも答えていないのに、次郎吉はさっさと上がり込んで、勇実の隣に座った。

ばさりと音を立てて、数部の読売を勇実に寄越す。

「これは？」

「鼠小僧が赤沢の屋敷に入ったって話を報じた読売だよ。似たり寄ったりの内容で、どれも尾ひれがつきまくってるが、読み比べりゃあ、真実らしきものが取り出せるはずだ。勇実先生は、そういうの得意だろ？」

「史書の読み解き方がそれです。同じ出来事を報じた記録も、したためた者の視点が変われば、まるで違った切り口になる。多くの場合、見栄や大げさな嘘も盛り込まれる。しかし、読み比べることによって浮き彫りになってくる事実もある」

次郎吉は、どこからともなく竹筒を取り出した。うまそうな顔をして呷るところを見ると、中身は酒らしい。

「手前にゃ学問のやり方なんてとんとわからねえが、人の話から見栄や嘘を削ぎ落とすやり方ならよく知ってるぜ。お人好しにゃあできねえことよ。勇実先生、あんたは案外、人が悪いのかもしれねえな」

勇実は笑ってうなずいた。

「そうかもしれませんね。私は、自分で思っていた以上に、醒《さ》めた人間だったようです。こういうときは、激しく泣いたり嘆いたりするものだと想像していたんですが」

次郎吉は勇実の顔をしげしげと見た。

「腑抜けた顔してらあ。嘆いちゃいないが、元気まんまんでもないようだな。何かあったのかい？」

「大したことではありません。ちょっと、なくしたものがあるんですが、そのうち慣れますよ」

そうだ、慣れるという言葉がきっと正しい。勇実はすでに慣れ始めている。

菊香とまともに話す機会は、もう失われた。菊香の横顔にこっそりとまなざしを向けることとさえ、今後きっと許されない。寂しく思ってしまうが、それだけだ。勇実は静かな気持ちで事実を受け入れている。

ふとしたときに脳裏に浮かんでしまう菊香の姿は、まだ消えてくれそうにない。菊香には申し訳ないが、もうしばらくの間、この身勝手な慕情《ぼじょう》を抱《いだ》き続けることだけは許してほしい。もう決して表に出さないと誓うから。

次郎吉はあっという間に、勇実の失意から興味をなくしたようだった。

「北町奉行所はしっちゃかめっちゃかだったぜ。赤沢が書き連ねた名前の中に、謎の死を遂げたり行方《ゆくえ》知《し》れずになったりした役人の名前がぽつぽつ見つかってる。奉行所の内外を問わず、死ぬ直前、いなくなる直前の日付で、そんな名前が出るんだ」

「それは目覚ましい成果ですね」

「赤沢はだんまりを決め込んでいるが、あれはもう、どうにもならねえだろ。赤沢を組屋敷の離れに閉じ込めて、母屋のほうの家探しが始まってる」

「どんな処分になるんでしょうか？」

「切るべき腹が十個あっても足りねえくらいの切腹沙汰だ。いや、武士の誉れを守っての切腹なんて、許されねえだろうな。さっさと召し放ちにして、お家は取り潰しかねえ。武家にとっちゃ、いちばん情けない結末だ」

けらけらと笑う次郎吉に、勇実は尋ねた。

「こたびのことに関して、次郎吉さん……というより、鼠小僧に対する報復は？」

「火牛党からってことかい？　ないんじゃねえかな。言っただろ、火牛党の今の頭である権左は赤沢を見限るつもりだって。そんな野郎のために、わざわざ手勢《てぜい》を繰り出したりはしねえだろ」

「だったらいいんですが」

「ほかに訊きたいことはあるかい？　手前が知ってることなら、何でも教えるぜ」

勇実は少し考えた。

「ああ、そうだ。岡本さまはどうされてますか？」

「赤沢の日記についての探索で、しばらくは奉行所に泊まり込みになるんじゃねえか？」

「北町奉行所の内部で勢力の均衡《きんこう》が崩れたわけでしょう？　岡本さまが妙な重荷を背負うことにならなければいいんですが」

「うん、そいつは手前も気になってるところだ。岡本の旦那は今、大事なときだしな。しばらく様子をうかがって、必要なら手助けもやむなしだな。手前も赤沢の屋敷でしこたま稼がせてもらったんでね」

「そういうところは、やはり盗人なんですね。盗みだって、裁かれるべき罪ですよ」

「知ったことか。俺にとっちゃ、盗みが幹《みき》で、不正を暴くのは枝葉《えだは》だよ。毎度、見事な枝ぶりだろ？　いやぁ、こたびも本当におもしろいぜ。赤沢が抱えてた探索が軒並み止まっちまって、誰がその尻拭いをするのか、あるいは尻拭いと見るか手柄と見るか、北町奉行所はてんやわんやだ」

次郎吉は竹筒を逆さまにし、ぽつりと落ちる最後の一滴を舌で受け止めた。

勇実は手元の読売に目を落とした。行灯をともしてはいるものの、かすれた印字は読みにくい。

「こんなに目立ってしまっていいんですか？　鼠小僧の真似をしたがる輩や、その名をかたる者も出てしまうのでは？」

「勇実先生のところの仔鼠《こねずみ》どもみたいにか？」

「あの子たちの遊びくらいならかわいいものですが、人を殺めて平然としている押し込み強盗が、鼠小僧の名を使ってしまったら？　次郎吉さんは、人に危害を加えるような盗みをしないでしょう？」

「使いてえやつは使えばいい。鼠の名ぐらい、くれてやるさ。手前を真似ることしかできねえような連中に、手前と同じ仕事ができるとも思えねえがな。その馬鹿野郎が手前の代わりに取っ捕まって、大金を盗んだ咎で首を刎《は》ねられる。それでおしまいだ」

次郎吉は音もなく立ち上がった。

「もう行くんですか？」

「奉行所はまだ忙しそうなんで、様子を見に戻る。勇実先生はもうじき夕餉だろ。しっかり食って元気出せよ」

次郎吉はあっさりと出ていった。

勇実の手元に読売が残される。いちばん上になっているものを、読むともなしに読み始める。次郎吉とは似ても似つかない、色白でがっしりとした武者の絵に「鼠小僧の似顔絵」などと注が添えてあって、勇実は少し笑ってしまった。

下駄を軽《かろ》やかに鳴らして駆けてくる足音がある。

と思うと、戸が開いて、千紘の声が勇実を呼んだ。

「夕餉ができましたよ、兄上さま」

「わかった。すぐ行く」

勇実は読売を手に、座を立った。

四

十一月も終わりが近づき、冬の冷たさが骨身に染みる日も増えてきた。

千紘は勇実と違って寒がりではないが、どんよりとした空模様が続くと、どうにも気が滅入《めい》ってしまう。

今日の昼下がりは、何となく風が湿っているように感じて空を見たら、霙《みぞれ》が降ってきた。

積もる雪なら美しいから、少しくらい寒くてもまだ許せる。だが、地面に落ちてきた途端にべちゃべちゃの泥汚れになってしまう霙は、あまり好きではない。

千紘が仕事から戻ってすぐのことだ。勝手口で何か音がした。

ぱさっ、と軽いものが投げ込まれた音だ。

「何かしら」

唐草《からくさ》模様の風呂敷に包まれていたのは、一枚の読売だった。

いや、読売のような体裁《ていさい》の紙面だが、よくある木版刷りのものではない。字も絵も手書きだ。目に飛び込んできた見出しには「厄除けの岡達、覚悟の一席」とある。

「ど、どういうこと？　岡本さまに何があったというの？」

千紘は棒立ちになって、慌てて食いつくように文面を追った。

読売には、細かい文字でこんなことが書かれていた。

呉服橋《ごふくばし》門内にたたずむ北町奉行所は、十数年前からここに置かれている。立派な長屋門《ながやもん》を備えた、どっしりとした造りだ。ぴかぴかと黒光りする瓦屋根《かわらやね》がまた、いかにも威風堂々として、さながら歴代の名奉行が江戸の町を睥睨《へいげい》しているかのよう。

広々とした、とある部屋に、巷《ちまた》で名高い「八丁堀の旦那」たちが顔を揃えている。

ずらりと並み居る与力同心の中で、この日、最も天晴《あっぱれ》な大手柄を立てたとして名を呼ばれたのは「厄除けの岡達」、こと岡本達之進である。

与力の一人が言う。

「これ、岡本よ。貴様、あの赤沢が手を焼いておった押し込み強盗の一派を見事引っ括《くく》ってのけたそうじゃな」

堂々と面《おもて》を上げた岡本は、過不足なく淡々と事実のみを告げる。

「凶賊十五名、すべて生け捕りにいたしました。こちらの手勢に怪我人は出たものの、命に大事はありませぬ」

並み居る一同、感服と嫉妬《しっと》の入り交じったどよめきを起こす。

別の与力が言う。

「赤沢の不正が世に明らかになってしまったからには、奉行所の汚名を返上することに最善を尽くさねばなるまい。そこで岡本、貴様の働きである。赤沢の件を巡っては、あやつの尻拭いまで含め、八面六臂《はちめんろっぴ》の大活躍ではないか。お奉行も、何ぞ褒美を出そうとおっしゃっておる。出世間違いなしだな」

「はっ、褒美をいただけるのなら、出世に興味はございませぬ。金銀財宝、広い役宅、華美な宴、そのようなものにも興味はございませぬ」

「無欲よの。では、何が望みだ？」

岡本はきっぱりと言う。

「妻《めと》を娶りとうござります。何としても添いたい女がいるのです」

「ほう、気楽な独り身暮らしもとうとう年貢の納め時と腹を括ったか。して、相手はいずこの武家の娘であるか？」

「武家ではござりませぬ。天涯孤独の身と申しておりました。調べられるだけ調べましたが、確かに身寄りのない女です」

与力たち、のけぞって驚き、口々に言う。

「何と！　かような女を武家の奥方に据えたいと、そう申すのか？」

「貴様、武家の血筋の何たるかをわかっておらぬのか？　何を腑抜けたことを言っておるのだ！」

「ああ、そうじゃそうじゃ。今を時めく岡本達之進との縁組を望む家も少なくない。然《しか》るべき家柄の娘を正妻として迎え、その身寄りのない女とやらを妾《めかけ》に囲えばよいではないか」

「それがよい、それがよい」

賛同の声が上がるのは、岡本と縁づこうと目論《もくろ》む者ばかりだからか。

岡本はじろりと周囲へ睨みを利かせ、与力どもを見据えると、歌舞伎の花形もかくやというほどの美声と迫力でもって、高らかに言う。

「私が妻として迎えたい女は、ただ一人にござります。その女と一緒になるために、定町廻り同心のお役に就いた身では不釣り合いとおっしゃるのなら、私はこの場でお役を返上いたします。その覚悟で、妻を娶りたいと申しておりまする！」

与力どもはうろたえる。

「貴様、手柄を立てた褒美を何でも望んでよいというのに、たった一人の女のために、お役の返上を望むと申すか？」

「さようにございます」

「なぜそこまで……」

「その女に惚れ抜いておりますゆえに。また、女の胎《はら》に私の子が宿っておりますれば、なおのこと、手放せるはずがございませぬ。親子三人で生きていきたい。ただそれだけが私の望みにございますれば、手柄の褒美として、叶《かな》えていただきとう存じます」

岡本は深々と頭を下げる。

ざわめきが広がる。前代未聞の申し出に、不浄役人どもは戸惑い、うろたえて落ち着かない。

そこへ突如《とつじょ》、鶴の一声。

「おもしろい！　よかろう。そこまで惚れ抜いたおなごとの祝言、儂《わし》が取り計らってやろうぞ」

広間の一同、慌てて居住まいを正して平伏《へいふく》する。

威風堂々たる裃《かみしも》姿でおいでましたるは、榊原主計頭忠之《さかきばらかずえのかみただゆき》である。

榊原主計頭、年は五十八。お城勤めの任をそつなくこなし、勘定奉行を経て、四年ほど前に北町奉行に就任。以来、切れ味鋭く迅速な裁きで江戸っ子からの評判も高い。

「面を上げい、岡本よ」

「はっ」

岡本は榊原主計頭の顔をしかと見据える。

「ほう、今日は一段とよき面構えをしておる」

「恐れ入ります」

「おぬしのような気骨ある男に奉行所を見限られてしもうたら、この榊原、口惜しゅうてならぬわ。おぬしの望みは確かに叶えてやるゆえ、奉行所を去るなどと申すな。惚れたおなごのためにも胎の子のためにも、厄除けの岡達として、さらに勤めに励むがよい」

岡本はあまりのことに驚きながらも、嚙み締めるように礼を述べる。

「ありがたきご配慮、まことに、まことに恐悦至極《きょうえつしごく》にござります……！」

手書きの読売を投げ込んだのは、鼠小僧、こと次郎吉に違いない。

千絋はそう思ったが、次郎吉にわたりをつける術《すべ》もない。勇実に尋ねてもみたのだが、何かを知っているふうでありながら、はぐらかされてしまった。

読売に書かれているのは、真実なのだろうか。

気になって仕方がない千絋は、翌日、手習いを終えるや否や、筆子たちとおしゃべりもせずに本所を飛び出して、八丁堀へ向かった。一人で出掛けるのは危ないからと、矢島道場の門下生が一人、慌てて追ってきた。

岡本が拝領している組屋敷へ、千絋はせかせかと早足で歩いていく。用心棒役の門下生は黙ってついてくる。

八丁堀の中でも、町奉行所の役人たちが住まうあたりは、何となくせわしない気がした。赤沢の一件の余波のためだろう。

岡本の組屋敷の木戸門でおとないを入れると、すでに顔見知りになった下男の老爺《ろうや》、熊八《くまはち》がにこやかに迎えてくれた。

千絋は熊八に頼んだ。

「おえんさんと会えますか？　ちょっとお話ししたいんです」

「わかりました。おえんさんに知らせてくるので、少しばかりお待ちくださいね」

岡本家に仕える熊八も、その妻で女中の須磨《すま》も、物腰が柔らかくて品がある。千紘は、この老夫婦が好きだった。温かい人たちだ、と思う。おえんのことを娘のように大事にしているのも伝わってくる。

やがて、おえんが屋敷から出てきた。腹を締めつけないよう、胸高《むなだか》な位置で柔らかい帯を結んでいる。その装いに、あ、と千紘は思わず声を上げた。

おえんは腹に手を添え、照れたような笑みを浮かべた。

「いつも手紙をありがとうね、千紘ちゃん。会うのは久しぶりだね。今日はどうしたの？」

「あの、ええと……おえんさんのおめでたのことを、小耳に挟んだものだから」

「そうだったの。ここ、寒いでしょ。中に入って」

おえんは千紘を屋敷に招き入れた。

用心棒役の門下生は、駆け足で帰っていった。道場に戻り次第、勇実か龍治を迎えに寄越してくれるという。

龍治さんのほうがいいわ、と千紘が伝えると、にんまりされてしまった。そういうことではない。勇実をおえんに会わせるのがためらわれるだけだ。近頃の勇実は妙に沈んでいて、何となく危うい。

おえんは、かつて勇実と恋仲だった人だ。勇実がまだ十八だった頃、おえんが切り盛りする茶屋に通いつめ、口説《くど》き落としたらしい。勇実より一回りも年上で、しゃんと自分の足で立って生きていける大人の女。艶《つや》っぽくて美しく、凛《りん》としている。

勇実との仲は半年続いたかどうかだったそうだ。身分も違えば、年も離れている。おえんのほうから離れた。それがお互いのためだと考えたのだ。

それから六年の間、便りもないままだった。

しかし、火牛党に追われていたおえんは、勇実の前に姿を現した。助けを求めたかったのだろうが、千紘がそれをはねつけてしまった。

縁とは奇妙なものだ。巡り巡って、おえんは結局、岡本のところで暮らすこととなった。初めはただ、火牛党の報復から身を守るという名目だった。

岡本とおえんの間柄がいつ頃から変わったのか、どういうわけだったのか、詳しいところは知らない。

とはいえ、確かあれは秋口だった。菊香のところへ遊びに行くついでに、おえんの顔を見に岡本の組屋敷に寄ってみたところ、明らかに何かが変わった、と感じ取れたのだ。

おえんは、繕《つくろ》い物《もの》をしている女中の須磨に一言断りを入れると、自分の部屋に千紘を招いた。

おえんが与えられている四畳半の部屋は、千紘も今までに三度お邪魔している。来るたびに、ものが増えている。何も持っていなかったおえんに、岡本がしょっちゅう贈り物をしているらしい。

衣桁《いこう》に見事な色打掛《いろうちかけ》が掛かっていて、千紘は目を丸くした。

「きれい……！」

おえんはゆっくりと腰を下ろし、着物を見上げて苦笑した。

「きれいよね。でも、この朱色、あたしには派手すぎない？」

「そんなことないです。紗綾《さや》柄《がら》に麻の葉模様、青海波《せいがいは》、亀甲《きっこう》。あちこちにいろんな吉祥《きっしょう》模様があしらってあって、華やかだし、引き締まってもいて。この感じ、きっとおえんさんに似合います」

「ありがと。とんでもなく値の張る一張羅《いっちょうら》をいただいてしまったものだわ。あつらえたはいいものの、一度も袖を通していなかったんですって。これから少し直しを入れるのよ。あたしは背が高い上に、今はおなかがこんなふうでしょ？」

こんなふうと言ってみせるわりに、着物の上から見るぶんには、腹はあまり目立っていない。おえんが両手で腹をなぞり、そっと押さえてみせたので、それでようやく、赤子の宿る膨らみの形がわかった。

千紘は、ほう、と熱い息とともにささやいた。

「おめでとうございます。噂を聞いて、ちょっとびっくりして、もう取るものも取りあえず押しかけてしまったんですけれど」

「なかなか言えずにいて、ごめんね。あたし、もう三十七だし、今まで一人も産んだことがないもんだから、どうしたものかと思ってね」

「お祝いさせてください」

「あら、嬉しい。ありがと。産んだ後によろしくね」

「はい。その前に祝言を挙げるんでしょう？　この色打掛、そういうことですよね？」

おえんは苦笑した。

「そういうことですよ。武家ってしきたりが多いのね。覚えるのも大変だわ。でも、ちゃんとやらないとね。あたしね、この年になって、父上さまと母上さまができたのよ。こんなあたしを養女に迎えて、岡本家に送り出してくれるって人たちに恵まれたの」

あの読売にも、そのことが小さく書かれていた。

北町奉行の榊原主計頭の奥方が、親しくしている分家筋《ぶんけすじ》の御家人に頼んで、おえんを養女に迎えさせた。申し分ない武家の娘となったおえんは、身分の差に妨《さまた》げられることなく、正式に岡本のもとへ嫁ぐことができるのだ。

「色打掛は母上さまからですか？」

「ええ。もっと時をかけられるなら、ちゃんと仕立ててあげたのにって、おっしゃってくれるような人よ。ほかにも嫁入り道具を揃えてくださって、ありがたいというよりも、申し訳ないくらい」

「素直にありがたがっておいたらいいんですよ。おえんさん、本当におめでとうございます」

「ありがと……じゃなくて、恐悦至極にござります。今後とも親しきお付き合いのほど、よろしくお願い申し上げます」

おえんは美しい所作で頭を下げてみせた。

千紘は慌てた。

「あ、こんなときにお辞儀なんて。おなかに障るのではないですか？」

「まだそこまでつっかえてないから、このくらいは平気。屋敷の仕事もちゃんとやってるんだから」

「本当に？　体、つらくないんですか？」

「幸いなことに、今のところ大事ないわ。ちょっと熱っぽかった頃もあったけど、ひどく吐いたりもしなかった。つわりが軽いってのは、運がいいのよね」

「あの、つわりって、妊娠の二月目くらいから、たいていの人は体に障りが出るって聞きました」

「そうそう、ひどい人は寝込んじまうのよ。三月目くらいになると落ち着くことが多いけど、中には、産むぎりぎりまで気分が悪くて、しょっちゅう吐いちまう人もいる。あたしはね、今までの人生で見てきた中でいちばん元気な妊婦よ」

千紘はおずおずと訊いた。

「今、どれくらいになるんですか？」

「六月目ってところじゃないかしら。ときどき動くのを感じる」

「もう動くんですか？」

「ええ。旦那さまは、さわってみても、まだよくわからないみたいだけど。でもね、一月くらい前から、確かに動いてるのよ。不思議よね。千紘ちゃんの身のまわりには、おなかの大きい人っていない？」

「いないんです。今まで、あまり詳しい話を聞いたことがなくて。よかったら、教えてもらえませんか？　赤ん坊ができるって、どういうふうなんですか？」

おえんは、そうねえ、と歌うように言って、話し始めた。

「まだ残暑を感じてた頃、秋口の七月にね、もしかしたらそうかもって気づいたのよ。月の障りが遅れていたし、体が熱っぽかったし、何となくぴんときた。旦那さまにそれを言ったら、さすがは探索の名人よね。賀川流《かがわりゅう》とかいう、お産の医術を修めた女医者を探し出してきたの」

「女のお医者さま？　取り上げ婆《ばば》ではなくて、お医者さまを呼んだんですか？」

「そうなの。あたしも堕胎《だたい》の中条流《ちゅうじょうりゅう》っていうのがあるのは知ってたんだけど、お産の賀川流っていうのもあるんだって。そのお医者さまはね、まだ若いのに何についてもよく知っていて、本当に頼れる人よ」

「安心して相談できるお医者さまがいるって、いいですね」

「本当よね。賀川流では、妊婦が楽に過ごすことが許されてるの。体を締めつける鎮帯《ちんたい》はしなくていいとか、夜は産椅《さんい》に掛けたまま眠るのではなく、おなかが楽な格好で横になっていいとかね。休んでいいって言ってもらえるのは助かるわ。若い頃ならともかく、この年だもの」

江戸にはいくつか、妊娠にまつわる風習がある。

妊娠五か月を迎えると、妊婦は腹と胸の境に鎮帯と呼ばれる帯をきつく締める。胎児の気が妊婦の頭のほうへ上ってしまうのを防がないと、悪いことが起こるという。

腹が出すぎる妊婦は「みっともない」とみなされる。そのため、膨らんだ腹にきつく鎮帯や岩田帯《いわたおび》を巻きつけ、腹を押さえようとする者もいる。

妊婦は横になってはならない。産椅という椅子に掛けたまま過ごす。お産のときも、産椅に座っておこなう。痛みのあまり転げ落ちないよう、妊婦を背もたれに縛りつけることもある。

無事にお産を成し遂げたなら、産後七日の間は産椅の上で眠らずに過ごす。誰かが必ず産婦の番をして、眠ってしまいそうになったら、起こしてやらねばならない。

千紘は初めてそういった風習を知ったとき、何て恐ろしいと思ってしまった。いつか自分も子を産むのだと思い描くと、怖くてたまらなくなったものだ。

賀川流の女医者は、そういった恐ろしいことをしなくていい、と説いている。おえんがほっとした気持ちが、千紘にはよくわかった。

「岡本さまもそうなんだわ。おえんさんの体を何より大事に考えておられる。だから、いちばんいいと思えるお医者さまを探して、連れてきてくださったんでしょうね」

おえんはくすくすと笑った。

「旦那さまはお勤め柄、いろんな人の死を見てきたの。その中でも、ひどい難産で命を落とした妊婦の姿は、血まみれであまりに哀れなんだって言ってた。だから、旦那さまは、子ができたことを喜んでるのと同時に、とても恐れてもいる」

「やだ。縁起でもないこと言わないでください。おえんさんはきっと大丈夫ですよ。岡本さまは心配しすぎです」

おえんは微笑んだ。

「本当よね。ねえ、確か八月に、勇実さんのところの筆子ちゃんたちがここへ来て、あたしが旦那さまからひどい仕打ちを受けてやしないかって、話を聞き出そうとしたことがあったでしょ？」

「ありました。鼠小僧の真似をして、探索をしていたんですよね？」

「そうそう。山蔵親分ってまじめな人よねえ。あたしが泣く泣く手籠《てご》めにされたんじゃないかって心配してくれて、それで筆子ちゃんたちに、あたしの話を聞きに来させたらしいんだけど」

「実はわたしも、同じ心配をしていた頃があります。だって、おえんさんは何があっても、一人で呑み込んでしまうでしょう？」

おえんは少し遠い目をした。

「そんなことない。面倒なことになったわと思ったら、一人でさっさと逃げる。そんなふうにして、ごまかしごまかし生きてきたのよ、あたしは。ほんと、千紘ちゃんにはとても言えないくらい、ひどいこともしてきたんだから」

「おえんさん……」

「でもね、こたびは逃げないわ。逃げたいとも思わないのよ。この子はきっと大丈夫って感じられるから。不思議なくらい、あたしは今、落ち着いてるの」

千紘は、我知らず手を合わせていた。

「赤ん坊が元気に生まれてきますように。おえんさんも、体を大事にしてくださいね。岡本さまも、これからが大切なんだから、怪我や病にはくれぐれも気をつけるようにと、伝えてください」

「そうよね。これから始まっていくんだわ。ねえ、あたしなりに、前を向いて進んでいかなくちゃ」

おえんはいとおしげに、部屋の隅の小さな刀掛けに置かれた短刀を見つめた。漆塗《うるしぬ》りの拵《こしら》えは、真新しくぴかぴかしている。おえんの守り刀を、岡本があつらえたのだろう。

千紘の脳裏に、さっきから、おえんがかつて我が子と呼んでいた若者のことがちらついている。あどけないくらいの顔をして微笑んだ最期に、祈るようにつぶやいた言葉を、千紘は覚えている。

あの人は、おえんに向けてこう言った。

もしもまた人に生まれてしまうんなら、おっかさんはあんたがいいな。

「旦那さまに似たらやんちゃになっちまうし、あたしに似たら生意気な口を利きそうだし、さて、どうなるのかしらね。幼子がいると、毎日が戦になるそうよ。楽しみだわ」

おえんは腹をゆったりと撫でた。その優しい手つきを見ているうちに、千紘は涙があふれた。温かな涙だった。

第四話　分かれ道の手前

一

やっぱり何かがおかしい、と感じたら、すぐさま確かめずにはいられない性分だ。

千紘は、月が改まって十二月になるや否や、菊香を神田にある行きつけの茶屋に呼び出した。

きつね屋、という名の茶屋は稲荷《いなり》のすぐ裏手にある。店内のしつらえが一風変わっていてお洒落だ。梁《はり》や柱は朱に塗られており、あちこちに狐《きつね》の面が飾られている。

甘味のほうも満足の味わいだ。月替わりで工夫を凝らしてあって、いつも楽しみが尽きない。こたび菊香を呼び出すにあたっても、十二月の甘味を食べに行くことを口実にした。

千紘は菊香と店の前で落ち合った。

「菊香さん、こっちこっち」

「お待たせしました。寒かったでしょう？　先にお店に入っていてよかったのに」

「平気。わたしも今来たところよ」

菊香は、千紘の傍らでたたずんでいる田宮心之助《たみやしんのすけ》に会釈した。

矢島道場の門下生である心之助は、勇実の筆子たちを家まで送り届ける役を買って出ている。勇実と同い年で、面倒見のよいたちだ。今日は、心之助が田所《たどころ》町《ちょう》の版木屋まで白太を送っていくところに、千紘も同行した次第である。

心之助は優しい面差しをさらに緩めて微笑んだ。

「帰りは道場の誰かに迎えに来させるよ。半刻《はんとき》（約一時間）ほど後でいいかな？」

「はい。朝にも一応お願いしておいたんですけれど、心之助さんのほうからも声を掛けてください。忘れられていたら、たまったものではないわ」

「そうだね。おなご二人では危ない。今日は曇り空で、早く暗くなるだろうし」

「よろしくお願いします」

「心得た。それでは、また」

千紘と菊香は心之助を見送り、きつね屋に入った。

細長い造りのきつね屋の、いちばん奥の床几《しょうぎ》に腰掛けた。そばに置かれた火鉢のおかげで、ずいぶん暖かい。

十二月の甘味の名が、朱塗りの柱に張り出されている。

「この『あわてんぼうのお汁粉《しるこ》』をほしいんですけど、あわてんぼうってどういうことですか?」

狐の面をつけた小女《こおんな》に訊くと、茶目っ気たっぷりの答えが返ってきた。

「店の主があわてんぼうなもので、お正月を待たずにお汁粉を作っちまいまして。まだ餅つきもしていない師走の初めですから、お汁粉につきものの焼き餅が用意できず、代わりに芋のお団子を浮かべてるんですよ」

「あら、おいしそう。わたし、それにします」

千紘が言うと、菊香もにこりと微笑んだ。

「わたしも同じもので」

菊香が襟巻《えりまき》を外すと、くちなしの香りがふわりと漂った。

火鉢に手をかざしながら、千紘はまわりを見渡した。あちこちに飾られた狐の面は、一つひとつ化粧が違っている。

ぱっと目についたのは、雪の模様が頬に描かれた面だ。

「初めて見るお面だわ。来るたびに新しいお面に出会えるからおもしろい。気に入ったものを買って帰るお客さんがいるから、次々に増やしているんですって」

菊香に話しかけたつもりだったのだが、返事がない。

千紘は、隣に腰掛けた菊香の顔をのぞき込んだ。菊香は、千紘が気になったのとは別の面を、見るともなしに眺めている。

菊香のまなざしの先にある狐は、細く釣り上がった目の下に水色の隈取《くまどり》がなされている。涙をためているようにも見受けられる表情の面だ。

ぼんやりとしている菊香に、千紘は改めて声を掛けた。

「ねえ、菊香さん。ここに来るのは久しぶりよね。帰りは兄上さまと龍治さんが迎えに来てくれるはずだから、暗くなっても平気よ。今日は八丁堀まで帰らなくても大丈夫なんでしょう?」

菊香は、はっとしたように肩を小さく震わせた。

「あ、いえ、貞次郎が矢島道場まで迎えに来ます。本当はこちらのお店に来てもらおうと思ったのだけれど、場所がよくわからないと言うので」

「無理に帰らなくても、泊まっていってくれていいのに」

菊香はかたくなにかぶりを振った。

「千紘さんもこの頃は忙しいでしょう？　手習いを教えるための支度に追われているし、百登枝先生のところにもしょっちゅうお見舞いに行っていると聞いています」

「ええ、そうね。百登枝先生には会えるうちに会っておきたいから」

「気掛かりなことがあるのに、わたしのことにかまってもいられないでしょう。わたしも、もうそろそろ本気で、これからのことを考えていかないと。貞次郎も一歩前に進んだのだし」

千紘は、あえて声を明るくした。

「あっ、そうそう。貞次郎さんの縁談、正式にまとまったのよね。おめでたいことだわ。お祝いをしたいと思っているの。大したことはできないけれど、何かないかしら？」

菊香は笑みをのぞかせた。

「では、ちょっと相談に乗ってください。貞次郎から尋ねられていたのですが、琴音さんが気に入りそうなお店を知らないか、ですって」

「ここはどうかしら？　きつね屋さん。ゆっくりおしゃべりできるし」

「わたしも同じ提案をしてみました」

「貞次郎さんは何て？」

「姉上も一緒に来てください、ですって。こういうお店には入り慣れていないから。でも、せっかくの逢瀬《おうせ》なのに姉のわたしがついてきていたら、琴音さん、きっと困るでしょう？」

千紘は、努《つと》めて軽い口調で言った。

「お見合いのときみたいに、菊香さんにも連れがいたら、琴音さんもまだ気が楽なのではない？　兄上さまを貸すわよ」

その途端、菊香が顔を強張らせるのを、千紘は見逃さなかった。ちょっと驚いたとか、そんなものではない変わりようだった。

やはりおかしい。

勇実が菊香を想っていることは、もはや大っぴらとも言っていい。千紘もしょっちゅう匂わせているし、筆子たちはもっとはっきり言葉にしている。勇実自身、近頃は気持ちを隠す様子がなくなってきた。

菊香だって、もうわかっているはずなのだ。今さらこの話でこんなに顔色を変えるはずがない。

千紘は床几に前かがみになって、さりげなく逃げた菊香のまなざしをつかまえた。

「やっぱり何かあったんでしょう？　菊香さんも兄上さまも様子がおかしいんだもの。兄上さまは菊香さんのことを避けているし。一体どうしたの？」

菊香のまなざしが揺れた。おうむ返しに、千紘に問う。

「勇実さまの様子、おかしいのですか？　わたし、やはり避けられているのでしょうか？」

「ええ。兄上さまはこの頃元気がないの。筆子の皆も気づいていて、風邪をひいているんじゃないか、悪いものでも食べたんじゃないかって、心配してくれている。でも、体の具合が悪いわけではないと思う。ただ、何をするでもなく、ぼんやりしてばかりいるの」

ちょうどそのとき、あわてんぼうのお汁粉が運ばれてきた。温かい湯気は、甘い匂いがする。

千紘は菊香に笑ってみせた。

「まずは、お汁粉をいただきましょう」

「ええ……」

汁粉は生姜《しょうが》の風味が効いていた。じんわりと、舌の上や喉に優しい熱が広がっていく。

「ああ、温まるわ」

ふかした芋に麦の粉を加えて練って作った団子は、焼き餅とはまた違ったおいしさで、汁粉によく合っていた。

汁粉の椀《わん》を空にし、温かい茶で口の中をさっぱりさせた。

菊香の青白かった頰に、赤みが戻っている。千紘はどうやって話を切り出そうかと思案していたのだが、菊香は空になった椀を盆に戻すと、みずから話しだした。

「勇実さまはもう、わたしとは会ってくださらないと思います。ひどい傷つけ方をしてしまいました。先月、貞次郎が勇実さまを八丁堀までお呼び立てした日があったでしょう？　琴音さんを許婚として選びたいと、そういった相談をさせていただくために」

千紘はうなずいた。

「よく覚えています。だって、兄上さまの様子がおかしくなったのは、ちょうどその日のすぐ後からだったもの。龍治さんも同じように言っていたわ」

菊香は長いまつげを伏せた。

「あの日、勇実さまと貞次郎が話しているところへ、わたしがお茶を持っていきました。それで、貞次郎が縁談を進めるにあたって、わたしも身の振り方を考えなければ、という話になったのです。わたしは奉公先を探していますが、なかなか見つからない。そのことを勇実さまにお聞かせしたら、驚いておられました」

「ああ、兄上さまは知らなかったのね。わたしは前に菊香さんから話してもらったことがあるけれど」

菊香は唇を噛み、両手の指を組み合わせ、肩で息をし、両手の指を組み直し、そして言った。

「勇実さまは、自分の蓄えも少しはあるから、うちの屋敷でよければ……と、おっしゃいました」

まるで縁談の申し込みのような言葉だ。

「えっ！　ええっ？」

千紘は思わず大きな声を上げてしまった。狐面の小女が驚いたように振り向いた。すみませんと会釈して、首をすくめる。

菊香は柳眉《りゅうび》をひそめ、うつむいている。はにかむ様子など微塵《みじん》もなく、ただ苦しそうだ。

「確かめておきたいのだけれど、兄上さまは、縁談のつもりで言ったわけではなかったのでしょう？」

「……おそらく、そのつもりではなかったかと」

「そうよね。貞次郎さんもそこにいたわけだし、あの兄上さまの口から急に縁談だなんて、ねえ？　そんなはずないもの。本当に何気なく、奉公先の心当たりを口にしてしまっただけなんでしょう、きっと」

菊香は消え入りそうな声で言った。

「わたし、きちんとしたお答えができませんでした」

「それはそうでしょう。びっくりするもの」

「違うのです。驚いたわけではなくて、勘違いをしてしまった」

「どう受け取ったの？」

少し、間があった。打ち明けることをためらったのかもしれない。千紘が黙って待っていると、菊香はやがて淡々と告げた。

「奉公先が見つからないと申していますが、まったくないわけではないのです。地位があってお金に余裕のある、二十も三十も四十も年上の殿方から、妾を兼ねた女中としてのお声掛けがあります」

「駄目よ、そんなの」

　とっさに千紘は声を上げた。菊香は力なくうなずいた。

「妾奉公のお誘いはお断りしています。わたしの気性では務まらないとわかっていますから。わたしが持つ、二十一の女の体だけに値打ちを認められ求められるのは、やはり腹が立つのです。あの日も、ちょっとしたことがあって、いらいらしていました。勇実さまとお話しすれば気がまぎれると思い、お茶をお持ちしたのですが……」

　菊香の声は、さらにしぼんでいった。

　千紘は菊香にそっと尋ねた。

「兄上さまが何気なく放った言葉が、菊香さんの気に障ってしまったのね？」

「はい……勇実さまにそんなつもりがあったはずもないのに、妾奉公の件と重なってしまって……どこにも行くあてのない哀れな女に情けをかけてやる、我が屋敷ならば蓄えもあるからちょうどよかろうと、何度も掛けられてきた言葉と同じだったから」

　菊香はせわしなくまばたきをした。そのたびに、血の気の引いた頬に落ちるまつげの影が、羽ばたくように形を変えた。

「勇実さまが何を考えておられるのか、とっさにはわかりませんでした。その言葉を、わたしが勝手に、悪いほうへと読み違《ちが》えてしまった。すぐに弁明してくださったから、勇実さまに悪意がないことは確かめられたのですが、それでも、わたし……」

千紘は菊香の手を包み込むように両手で握った。お互い、ひんやりとした手だった。

「兄上さまの言い方が悪かったのね。ごめんなさい。でも、兄上さまは何も考えていなかったと思うの。頭に浮かんだことを、ろくに吟味《ぎんみ》せずに言葉にしただけ。本当にそれだけよ、きっと」

「……はい」

「兄上さまって、なまじ学問がよくできるせいで、何から何まできちんと考えを張り巡らせているように思われがちでしょ。実のところ、そうじゃないの。学問を離れたら、びっくりするほど何も考えていないんだから」

菊香はうなずいた。何度もうなずいた。そのたびに深くうつむいていった。

「わかっています。勇実さまは、ほんの思いつきを口にしただけ。それも、わたしの身を案じてのことだと、今振り返って考えれば、きちんとわかるのです。ですが、あのときのわたしは、自分を止められませんでした」

「兄上さまのこと、怒った？」

「はい。勘違いなのに、勝手に腹を立てて、きつい言葉を勇実さまにぶつけてしまいました。勇実さまの弁明を聞きながら、また別のことで腹を立ててしまいました」

「別のことって？」

「勇実さまは、千紘さんや龍治さま、そしてわたしとの間柄が、今のまま変わらなければいいと望んでおられます。そんなことはできないのに。だから、せめてわたしがどこへも行かないよう、白瀧家で働けばよいと考えた、と……」

千紘にも勇実の気持ちはわかる。千紘と勇実と龍治と菊香。四人の居心地のよい間柄が何も変わらずにいてほしいと、かつては強く望んでいた。

だが、今は違う。千紘は、この先へ進みたいと心から望む道を見つけた。変わっていくことへの恐れが、そのぶん薄れつつある。

「兄上さまは、取り残されるような気持ちになっているのかしら。でも、わたしは、いつまでも兄上さまのお世話にかまけてばかりはいられない。選ぶべきときがきたら、やっぱり、離れざるをえないわ」

菊香の肩が震えた。嗚咽《おえつ》をこらえているのか。そう思われたが、紡がれる声は乾いていた。

「わたしも今のままではいられない。何者でもない、家のお荷物でしかないわたしは、早く自分をどうにかしたい。それなのに、物事を変えないためにわたしを手元に置こうとするだなんて、それは勇実さまの身勝手です。わたしはそんなこと、望んでいない」

千紘は菊香を抱きしめた。

「傷ついたんですね、菊香さん」

菊香は抗《あらが》わずにうなずいた。

「わたしは傷ついた。それを勇実さまにわかってほしいあまりに、わたしも勇実さまを傷つけてしまった。甘えてしまったのです。わたしがどれほどひどいことを言っても、きっと勇実さまが離れてしまうことはないなどと、うぬぼれたことを考えて」

甘え、という言葉に驚かされた。

「菊香さん、それじゃあ、兄上さまの気持ちをわかった上で……」

「はい。何て図々《ずうずう》しいんでしょうね、わたし」

「図々しいとまでは言わないけれど」

少しずるい、と思った。菊香には駆け引きのつもりもなかったのだろうが、勇実はまんまとおびき寄せられてしまっていたではないか。菊香と出会ってから、ずっとだ。

「こたびも勇実さまが追ってきてくれると思ったのです。今まではそうだった。わたしがどれほど突き放してしまっても、優しい言葉を掛けてくださった。真摯《しんし》に向き合おうとしてくださった。不思議な人です。勇実さまと言葉を交わすうちに、居心地がよくなっていく。その優しさに、今までどれほど甘えてきたか」

千紘は泣きたくなった。今の言葉を勇実に聞かせてやりたかった。それと同時に、嫉妬の心が疼《うず》いて、勇実には決して教えてやりたくないとも思った。

勇実が菊香に色恋の情を抱いていることは、菊香もずいぶん前から知っていただろう。ただ、菊香は勇実の想いを受け止めてなどいないし、深くわかろうともしていない。

踏み込ませないよう間合いをとってきたのは、勇実だ。

強いようで脆《もろ》い菊香の心を、乱暴に触れて壊してしまわないために、勇実は一歩も動かずにいる。これまでそうしてきたし、こたびも、これからも、そのつもりなのだろう。

「ねえ、菊香さん。兄上さまが離れていってしまったら、寂しい？」

「……はい」

「兄上さまのこと、まだ怒っている？」

「いいえ。初めから、怒りではなかったのかもしれない。勘違いして、八つ当たりしただけ。わたしが自分の感情を抑えられず、勝手に暴れてしまったのです。勇実さまは何も悪くありません。わたしの弱さです」

「よかった。菊香さんが兄上さまを憎んでなどいないとわかったら、兄上さまはまた菊香さんと話したいはずよ」

「でも……」

「お願い、菊香さん。兄上さまに歩み寄ってあげて。菊香さんにとっても、きっとそのほうがいい。奉公とか縁談とか色恋とか、そういうことをすべて抜きにして、兄上さまとただ向き合って、もう一度話して。このまま終わってほしくないの」

菊香はか細い声でそっと笑った。

「きっかけが、わからない。どうしていいか、少しもわからない」

千紘は菊香の肩に触れ、身を起こさせた。顔を上げた菊香は、泣いてはいなかった。

「わたしがきっかけを作るわ。年の瀬は慌ただしくて、お互いに都合がつけにくいかもしれないけれど、どんなに遅くとも元旦よ。一緒に初日の出を見ましょう。約束。ね？」

菊香は千紘を見つめた。ごく近い距離で、長い間、見つめていた。やがて目を閉じ、こっくりとうなずいて、自分の額を千紘の額にくっつけた。鼻の頭がこすれている。

「ありがとう。よろしくお願いします」

吐息は、さっき食べた汁粉の、甘い生姜の香りがした。

二

一年の終わりが近づいてくると、毎日が妙にせわしない。

正月元旦に年神《としがみ》さまをお迎えする支度として、煤払《すすはら》いをしたり餅をついたり正月飾りを調達したりと、やるべきことがいろいろある。

勇実のもとには、写本を作る仕事がぽっぽっと舞い込んでくる。年中行事のようなものだ。

夏の虫干しと冬の煤払いの頃は、蔵の奥や棚の隅で眠っていた古い書物が掘り出される。それらの書物がすっかり傷《いた》んでしまう前に写本を、ということで、勇実の仕事が増えるのだ。

火牛党の頭、権左の動向は、このところ不気味なほどに静かだった。浅草界隈《かいわい》ではお尋ね者として探索が進められているが、どこに潜んでいるものやら、ようとして知れない。

さっさと決着がつけばよいものの、今のままでは、警固に気を張り続けるしかない。

筆子たちは辛抱強く勇実の言いつけを守ってくれている。だが正直なところ、あまりに窮屈で、そろそろ限界だろう。新春を迎えて暖かくなる前に、どうにかならないものか。

もう一つの憂いも、叶うことなら、さっさとこの胸から消し去ってしまいたい。

むろん、菊香のことだ。

千紘や貞次郎から、幾度となく、菊香も交《まじ》えて一緒に食事をしたいという誘いを受けている。だが、勇実が仕事を盾にして断り続けているので、話は宙ぶらりんのままだ。

師走の慌ただしさに救われている。今はまだ、何でもない顔をして菊香と会える気がしない。やけ酒に溺れるようなことにはならなかったが、やはり、胸の痛みはどうしようもない。

写本の仕事でも餅つきでも何でもいいから、菊香のことを考えずに済むよう、とにかく没頭《ぼっとう》していたかった。

両国橋の向こう側から通ってくる筆子たちを家まで送り届けた後、勇実はまっすぐ屋敷に戻らず、回向院《えこういん》のまわりをぐるりと巡ることにした。

白太から頼まれたのだ。

「椿《つばき》に山茶花、蠟梅《ろうばい》の咲き具合を見てきてほしい、か。風流だな、白太は」

勇実が花を愛《め》でたのは、菊の香りに包まれていた九月の茶会が最後だ。季節の移り変わりに目を留める暇もなく、気づけば冬も深まった。あと半月余りで新しい年を迎える。

暮れ六つ（午後六時頃）の鐘が鳴っている。

夕焼けの名残《なごり》と、顔をのぞかせた丸い月で、あたりは薄明るい。一日じゅう日陰になっている垣根の下に解け残った雪が、白々と光って見える。

回向院の庭をのぞいてみれば、果たして、椿と山茶花は鮮やかな色の花を咲かせていた。蠟梅は初春の早い頃から花開いたりもするが、さすがに早すぎるようだ。枝に目を凝らしてみれば、つぼみはついているものの、まだ小さく硬い。

もう少し行くと、大きな椿の木が道の上にまで枝を張り出していた。

足下には、見事に咲いた姿のまま、椿の花が転がっている。

「花というものはきれいだ。咲いているときも、地に落ちていてさえ、人の心に何かを訴えかけてくる」

椿は香りがしない。

おかげで、ありもしない香りの幻を、勇実はどうしても思い浮かべてしまう。淡いくちなしの香りに、かぐわしい肌と髪の匂いが混じった、いとおしい幻。

「駄目だなあ……」

そっと笑う。

足下に転がっていた赤い椿の花を一つ拾って、勇実は帰路に就いた。

ところが、いくらも行かないうちに声を掛けられた。

「おや、勇実か。妙なほうから歩いてきたな」

矢島与一郎である。井手口家の門から出てきたところだった。

「ちょっと回向院の花を見てきました。白太に頼まれたんですよ。椿や山茶花の絵を描きたいんでしょう」

「なるほど。明日の昼、天気がよければ、筆子たちを回向院に連れていくといい。門下生どもも一緒に行かせよう」

「ありがとうございます。与一郎先生は、若さまの出稽古の帰りですか？」

「ああ。稽古の後に話し込んでいるうちに、暗くなってしまった」

「話し込んでいたとは、若さまとですか？」

井手口家の若さま、悠之丞は、おとなしくて引っ込み思案だ。人嫌いというわけではないものの、あまり人を近づけたがらない。気が優しすぎるせいか、屋敷の奉公人に指図を出すのも苦手なようだ。

悠之丞が自分から話しかけることができるのは、祖母の百登枝や昔馴染みの千紘、剣術の指南役《しなんやく》である与一郎や龍治くらいだろうか。それにしても、話し込むと表現されるほど悠之丞が言葉を重ねるとは珍しい。

与一郎は腕組みをして低く唸ると、勇実が今来たほうを指差した。

「回り道をして帰ろう。回向院をぐるっと一周だ。まず勇実に相談したいのでな」

「はあ。相談とは？」

与一郎はすたすたと歩き出した。がっしりと分厚い体つきだが、立ち居振る舞いに鈍重《どんじゅう》なところは一切ない。上背《うわぜい》がさほどないにもかかわらず、後ろ姿はずいぶん大きい。

勇実は慌てて与一郎を追った。脚力に優れる与一郎は、歩くのが速い。

隣に並んだ勇実を横目で見上げ、与一郎は話を切り出した。

「若さまが、千紘との縁組をご所望だ。以前にもそういう話は耳に入ってきたが、若さまご自身は何もおっしゃらなかった。ところが、こたびこそは本気のようだな。白瀧家に千紘との縁組を頼みに行きたいがかまわんだろうかと、儂に相談を持ち掛けてこられた」

勇実はさほど驚かなかった。遅かれ早かれ井手口家からその話が出るのではないか、と頭の隅で考えていたのだ。

「しかし、家格の釣り合いがまったくとれませんよね。井手口家は一千石取りの旗本、うちは小普請入りの御家人ですよ」

「それについてもすでに親戚に手配してあるとのことだ」

「どういうことです？」

「千紘が色よい返事をすれば、その親戚の養女となり、家格の釣り合いを整える。花嫁道具もすべて親戚に揃えてもらえると、若さまはおっしゃっていた」

足が止まってしまった。さすがに驚いたのだ。

「まさか、若さまがそこまで手を打っておられるとは」

与一郎は立ち止まって振り向いた。

「若さまには、急がねばならんわけがあるのだ。そして、千紘も若さまの申し出にうなずいてしまいそうでな」

「千紘が、若さまと結ばれることを、本当に受け入れるとでも？」

与一郎は頭上を仰いだ。

椿の枝が風に揺れた。白い椿が一つ、音もなく落ちてくる。与一郎は掌で椿を受け止めた。

「勇実は近頃、百登枝先生とお会いしたか？」

「いえ。千紘からは、あまりよくないというふうに聞かされていますが」

「今日、少しごあいさつをしたが、確かにもう、よくないな。だから、若さまは焦っておいでなんだ。大切な祖母に、千紘の花嫁姿を見せてやりたいとおっしゃっていた。井手口家の花嫁としての姿だ」

勇実は嘆息した。

「なるほど」

息は白いかたまりとなって漂い、すぐにほどけて見えなくなった。

「勇実よ、どうする？　若さまは、明日にも勇実とじかに話したいと仰せだ」

「明日ですか……」

「何か用事でもあるか？」

「いえ、手習いの後、夕刻の稽古の頃でよければ」

「そうしてくれ」

「このこと、龍治さんには？」

「どうしたものか。いや、儂の口からは言えんな。龍治が千紘とどうなりたいのか、それすら聞いたことがない。そこをすっ飛ばした話をすれば、余計にややこしくなるだけだ。明日の出稽古には龍治も連れていく。そうしてほしいと若さまがおっしゃったのでな」

「まあ、そうかもしれませんが、しかし……」

考えがまとまらない。口を開いてみても、意味のない切れ切れの言葉とともに、白い息がこぼれ出るだけだ。

与一郎は、腰に差した木刀の柄に左手を置いた。

「本当は、儂がこうして勇実に話してしまうことも、若さまの意に沿うまい。若さまはご自分で話したいとお考えだ。しかしな、いきなり情に訴えられると、勇実は判断が鈍るだろう。その鈍った判断は、きっと誰のためにもならん」

「確かにそのとおりですよ。まさに今、頭が回らなくて。若さまはすでに外堀を埋めてしまわれているんですよね？　千紘の返事ひとつで、何もかもが動き出して、変わっていってしまう。若さまの許婚どころか、いきなり花嫁ですか？」

「百登枝先生のためには、急がねばなるまい」

「千紘には何と言えば……いや、そもそも、これは私が若さまにお答えすべきことなんでしょうか？」

「おまえのほかに誰がおる？　儂も一面では、おまえと千紘の親代わりだ。だが、白瀧家の当主は、勇実、おまえなのだぞ。これは武家同士の縁組についての話し合いだ。千紘ではなく、白瀧家の当主としてのおまえが前に出るべき場面だぞ」

　勇実は額を押さえた。

「わかっています。わかっているつもりなのですが、はっきり突きつけられると、本当にまいりますね。こんなときに父が生きていれば……」

「源三郎どののうろたえる姿を見ることができたかもしれんな」

「父でも、うろたえるでしょうか？」

「落ち着き払ってはいられんだろうな。儂でさえ、そわそわしてかなわん。あの小さかった千紘に、こんな縁談が持ち掛けられるとはな。大人になったら与一郎おじさまのお嫁さんになる、と目を輝かせておったのが昨日のことのようだというのに」

「千紘に言ったら、ぶたれますよ」

　勇実は何となく力が抜けて、笑ってしまった。与一郎もつられたように、喉の奥でくつくつと笑った。

　ひんやりと湿った夜風が吹き抜ける。

　与一郎が不意に勇実に問うた。

「それはそうと、近頃のおまえは妙に沈んだ顔をしておるな。稽古にも身が入っておらん。何があったのだ？」

　勇実は短く答えた。

「振られました」

　与一郎は一瞬、虚をつかれたような顔をした。そういうふとした表情は、龍治とそっくりだ。顔立ちそのものはあまり似ていないのに、やはり親子なのだと感じさせる。

「振られた、とは？　菊香どのにか？」

「はい」

「まことにか？」

「ええ、それはもう見事に、すっぱりと」

「なぜ？　どういうことだ？」

「わたしが粗忽《そこつ》で気が回らないせいで、菊香さんの誇りを傷つけてしまったんです。話せば長くなりますから、またそのうちに」

「聞かせてくれ。たまには二人で飲むか？　いや、たまにどころではないな。初めてだ。龍治も源三郎どのも交えずに勇実と飲んだことは、今までなかった」

「私も与一郎先生も、日頃から酒を飲むほうではありませんからね」

与一郎は勇実の背中をぽんと叩いた。

「好いた女に振られたときにどうすればいいか、教えてやろう。しぶとくなれ。顔を合わせられんなどと言わず、平然として相手の目の前で、男を磨き続けろ。振り向かせるまであきらめるな」

勇実は与一郎に背を押されるまま、並んで歩き出した。

「潔《いさぎよ》く忘れて前に進め、とは言わないんですね」

「おまえには言わんよ。おまえと菊香どのの間柄については、儂もこの二年半ほど、ずっと見守ってきたわけだからな。武家の縁組としてというよりも、もっと単純に、人と人の結びつきとして、おまえにとって菊香どのは、なくてはならん相手だろう」

勇実は、まだ手にしたままの椿に目を落とした。

「でも、きっぱり拒まれてしまったんですよ」

「儂も珠代《たまよ》には何度もこっぴどく振られたものだぞ」

与一郎は愛妻の名を口にした。

背中から離れていった与一郎の手は、勇実の手よりも分厚い。父のように頼れる相手がいることに、勇実は胸が熱くざわついた。

「与一郎おじさん」

昔と同じ呼び方が口をついて出た。

「うん、何だ？」

「今度、珠代おばさんとの馴《な》れ初《そ》めを聞かせてください。龍治さんには内緒で」

与一郎は目尻に優しい皺《しわ》を刻んで笑った。

「いいぞ。うまい酒を買っておこう」

少しも似てはいないのに、亡き父の面影を、勇実は与一郎の笑顔の中に見た。

三

翌日の夕刻である。

勇実は筆子たちを家まで送り届け、井手口家へ赴いた。

剣術稽古は、庭の一角でおこなわれていた。まわりに草木がなく、土が剝き出しになった場所だ。思い返してみれば、年初に悠之丞が近所の旗本の嫡男と立ち合いの勝負をしたのも、ここだった。

すでに日が落ちかけている。稽古場は建物の影になっており、吹き抜ける風が冷たいはずだが、龍治と悠之丞、そして与一郎も、肌に汗をにじませていた。

三人は勇実の姿を認めると、稽古を止めて木刀を下ろした。

「お待たせしました」

勇実は悠之丞に頭を下げた。

「呼びつけてしまって、すまないな。しかも、このような庭先で、私は汗まみれの稽古着姿だ。本来であれば、父とともに私のほうからあいさつに出向くのが筋であるというのに」

「いえ、今のところは、そうしていただく前の段取りであると、私は思っておりますから」

悠之丞は、どこかが痛むような顔をして、いくぶん無理のある笑みを浮かべた。緊張しているのだろう。

優しげな顔立ちの若殿は、会うたびに大人びていくように見える。すでに勇実よりも背が高い。この一年で、顎や肩の線ががっしりしてきた。

龍治が怪訝そうに眉をひそめた。

「若さま、勇実さんまで呼び出して、話って何なんです？　もったいぶらずに、さっさと明かしてもらえませんか？　親父もだ。どうして昨日、半端なことをちらつかせるだけで話を止めた？」

与一郎は黙ってかぶりを振り、悠之丞にまなざしを向けた。

促された悠之丞が、大きく息を吸って、勇実を見据えて言った。

「千紘どのとの縁談を、許してもらいたい。私は、幼い頃から、千紘どのを娶《めと》ることを夢に見てきた。もしも勇実どのに認めてもらえるのなら、儀礼やしきたりを前倒しにしてでも、一日も早く千紘どのを我が屋敷に迎え入れたい。私の花嫁として」

悠之丞の声はどうしようもなく震えていた。顔は真っ赤で、肩で息をしていた。

それでも、悠之丞は逃げなかった。気弱で人と目を合わせることすらできない、頼りない少年は、そこにはいない。一人の若武者が困難を打ち破るべく、地を踏みしめて立っている。

龍治が目を見張ったまま、息も継げないようなありさまで、呆然《ぼうぜん》としている。

勇実は静かに答えた。昨日からずっと考え続けて出した答えだった。

「私の一存では返事をしかねます。私は亡き父の後を継いで白瀧家の長《ちょう》という立場に収まってはいますが、千紘という一個の人間の人生をほしいままにできるとは思っておりません。あのしっかり者の妹を相手に、頭ごなしにこの先の道筋を指図してしまえるほど、私はきちんとした人間ではないのです」

　悠之丞は引かなかった。

「では、千紘どのと話をさせてもらえるだろうか。すぐにも話を進めたい。どうしても、今でなくてはならぬのだ」

「それはなぜでしょう？」

　わざわざここで問わずとも、答えはすでに与一郎から聞かされている。百登枝の余命のためだという。ただ、勇実は、悠之丞の口からそれを聞きたかった。自分の耳で、じかに確かめずにはいられなかった。

　果たして、悠之丞は苦しそうな顔で告げた。

「祖母が余命幾ばくもないからだ。私は祖母の望みを叶えたい。私が花嫁を迎える日を、祖母はずっと楽しみにしてくれていた。いちばんの愛弟子《まなでし》である千紘どのの花嫁姿も、ずっと見たがっていた。だから、今でなくてはならない。私はなるたけ早く、千紘どのを花嫁として迎えたいのだ。もう先延ばしはできない」

　切々とした言葉は勇実の胸に刺さった。大切な肉親を喪《うしな》う悲しみは、勇実の心にも焼きついている。

　ただし、十の頃に逝《い》った母も、二十の頃に逝った父も、その最期は唐突だった。弱りゆく百登枝を毎日見つめている悠之丞の気持ちを、すべて推《お》し量《はか》れるわけではない。

悠之丞にどう答えようか、勇実は迷った。

その瞬間、龍治が、勇実と悠之丞の間に割って入った。

「お待ちください。若さま、今の話、黙って聞いているわけにはいきません。俺は千紘さんと約束している。七月の嵐の日に、千紘さんは言ったんです。半年先なら俺の話をちゃんと聞いてくれる、と。俺、年明けにはきちんと話をするつもりなんです」

悠之丞はむろん、龍治が止めに入るのも予期していたに違いない。落ち着いた目をして龍治を見やった。

正月元旦、龍治と悠之丞はこの庭で約束を交わしていた。千紘を巡っては正々堂々とすること。どんな結果を千紘が選ぶとしても、千紘を傷つけないこと。悠之丞は親戚にも手を回して外堀を埋めながら、龍治との約束も守ったのだ。

悠之丞は龍治に尋ねた。

「その嵐の日に、龍治先生はどのような話をするつもりで、千紘どのに約束を取りつけたのだ？」

「今、若さまが勇実さんに頼み込んだのと同じ話だ」

「龍治先生に先を越されたら、私は勝ち目がないな。今年のうちに、もう明日にでも白瀧家を訪ねて、千紘どのと話をさせてもらう」

「百登枝先生のことを引き合いに出して、千紘さんの情けを乞うんですか？」

龍治の言葉はあまりに無礼だ。勇実は眉をひそめた。与一郎も険しい顔をした。察した悠之丞が、目顔で勇実と与一郎を止めた。

悠之丞は龍治に告げた。

「私を止めたかったら、力ずくでそうするといい。剣術の勝負で、龍治先生が勝てば、私は先走った振る舞いをするのをやめよう。だが、私が勝てば、龍治先生には身を引いてもらう」

龍治は、微笑むのとは違うふうに目を細めた。

「本気でおっしゃってるんですか？」

悠之丞は唇を噛み、拳を握り締めた。絞り出すような低い声で答えた。

「私は本気だ。手加減などいらない」

「若さまが俺に勝てる見込みはありませんよ」

「承知の上だ」

「頭のいい若さまにしては、やっていることがめちゃくちゃですね」

「それも承知している。だが、ほかにどうしていいか、まるでわからない。だって、悠長なことを言っていては間に合わなくなる。今何もことを起こさなかったら、きっと、死にたくなるほど後悔する」

龍治の手にも悠之丞の手にも、今しがたまで稽古に使っていた木刀がある。龍治はその木刀を肩に担ぐと、勇実を振り向いた。

「こういうわけでさ、俺も若さまも当人の気持ちを知りもしねえで勝手なことを言いまくってるが、千紘さん、怒るかな？」

勇実は、詰めていた息を吐き出した。

「喜びはしないだろうな」

「でも、俺と若さまは、何らかの方法でこの場の決着をつけなけりゃ、収まりがつかねえ。だから、これからさらに勝手なことをするぞ。千紘さんを懸けて勝負をする。千紘さんには、後で二人まとめて叱られるつもりだ」

龍治の言い草に、悠之丞がほんの少し笑った。

「確かに、千紘どのにちゃんと叱ってもらえるのなら、心が軽くなる。私が身勝手な望みを口にして、親戚まで巻き込んで騒ぎを起こしていることも、何もかもが間違いとは思わずに済みそうだ」

龍治は木刀を腰の位置に据えた。悠之丞も同じように、木刀を腰に差すそぶりをする。

向かい合って、抜刀《ばっとう》の仕草をした。互いに正眼に構える。

勇実は数歩下がり、与一郎と並んだ。与一郎は渋い顔をしていたが、勇実に耳打ちした。

「血は争えんな。儂もあんなことをした覚えがある」

始め、の合図はなかった。

悠之丞がいきなり龍治に打ちかかった。

「やあッ！」

気迫一閃《きはくいっせん》。すがすがしいほどまっすぐな太刀筋《たちすじ》である。小柄な龍治の真上から打ち下ろすような一撃だ。

龍治は動かず、悠之丞の木刀を受け止めた。

がつんと重たい音が鳴る。

悠之丞は押し切ろうと力を込める。だが、龍治はびくともしない。

食べても鍛えてもさほど肉のつかない龍治は、決して膂力《りょりょく》があるほうではない。身の軽さを活かした先手必勝で、手数の多い攻めを得意とする。

そのはずだが、今、龍治は悠之丞の渾身《こんしん》の一撃を正面から受け止めていた。膝も腰も腹も背中も、ぐっとたわめて力をため、交わる二振《ふたふり》の木刀の下から、悠之丞の目を見据えている。

睨み合いが続いたのは、ごくわずかな間だった。

ひゅ、と龍治の口から鋭い息が吐き出された。と同時に、龍治は悠之丞の木刀を跳ね上げた。

悠之丞が体勢を立て直そうとする。龍治は正眼からまっすぐに打ち込む。先ほどと攻守が入れ替わった格好だ。龍治の一撃を、悠之丞が木刀で受けた。

かぁん！　痛快なくらい澄んだ音がして、悠之丞の手から木刀が吹っ飛ばされ、地に転がった。

龍治は悠之丞の喉元に木刀の切っ先を突きつけた。

「これでしまいです」

呆然とした悠之丞が、喉元の木刀を見下ろした。

「赤子の手をひねるような、というやつか。私もこの一年で腕を上げたつもりになっていたが、格が違う」